ACTION

DE

L'ISOCYANATE DE PHÉNYLE

sur quelques Oxyacides et leurs Éthers,

PAR

M. E. LAMBLING,

Docteur ès Sciences,
Professeur à la Faculté de Médecine de l'Université de Lille.

LILLE,
Imprimerie E. Dugardin, rue Nationale, 51.

1902

ACTION

DE

L'ISOCYANATE DE PHÉNYLE

sur quelques Oxyacides et leurs Éthers,

PAR

M. E. LAMBLING,

Docteur ès Sciences,

Professeur à la Faculté de Médecine de l'Université de Lille.

LILLE.

Imprimerie E. Dugardin, rue Nationale, 51.

1902

A

Monsieur A. HALLER,

Membre de l'Institut.

ACTION

DE

L'ISOCYANATE DE PHÉNYLE

sur quelques Oxyacides et leurs Éthers.

INTRODUCTION.

A.-W. Hoffmann a montré que l'isocyanate de phényle ou carbanile se combine aux alcools gras ou aromatiques pour donner par simple addition les phényluréthanes de ces alcools, et cette réaction a été étendue par ses élèves à un grand nombre d'autres corps présentant une ou plusieurs fois la fonction alcool primaire ou secondaire (glycérine, érythrite, mannite, etc.), ou la fonction phénol (phénol, résorcine, pyrogallol) [1].

Il n'était pas certain, néanmoins, que cette réaction eut un caractère absolument général. Ainsi M. Gumpert [2] rapporte que l'isocyanate de phényle ne réagit que difficilement en tube scellé à 150 - 170° sur l'orthonitrophénol, et qu'avec l'acide picrique il n'y a plus d'addition du tout. Il semble donc, d'après ce chimiste,

---

(1) A.-W. Hoffmann, *Liebig's Annal.*, t. **74**, p. 16; *D. ch. G.*, t. **4**, p. 249. — Il Lloyd Snape, *D. ch. G.*, t. **18**, p. 2428. — Tesmer, *Ibid.*, t. **18**, p. 968.
(2) Gumpert, *Journ f. prakt Ch.*, t. **32**, p. 278.

que l'acidité croissante de l'oxhydrile dans les dérivés nitrés du phénol suspend progressivement l'action du carbanile.

Je me suis proposé, il y a quelques années, d'étudier l'action de voisinage que peuvent exercer à ce point de vue sur l'oxhydrile alcoolique, des groupements divers, tels que C^6H^5, CAz, CO, etc., dont l'influence acidifiante est établie pour un grand nombre de composés [1], et j'ai exposé ailleurs [2] le résultat négatif de ces recherches. C'est au cours de cette étude que j'ai été amené à faire réagir le carbanile sur les éthers d'un certain nombre d'oxyacides monobasiques, gras ou aromatiques, et à constater les faits qui forment le sujet du présent travail.

Les éthers dont je suis parti renferment, avec une fonction acide, une fonction alcool primaire, secondaire ou tertiaire, c'est-à-dire qu'ils appartiennent aux trois types que voici :

$$\begin{array}{ccc} CH^2OH & R-CHOH & R^2=COH \\ | & | & | \\ CO.OC^2H^5 & CO.OC^2H^5 & CO.OC^2H^5 \end{array}$$

R représentant des radicaux gras ou aromatiques. Tous ces éthers fixent avec facilité l'isocyanate de phényle en donnant les phényluréthanes correspondantes que l'on peut représenter par ce schéma unique, R figurant alors un radical gras ou aromatique, ou un atome d'hydrogène :

$$\begin{array}{c} R^2=CO.CO\,Az\,H.C^6H^5 \\ | \\ CO.OC^2H^5 \end{array}$$

Lorsqu'on saponifie ces éthers au moyen de la soude, et qu'on décompose ensuite par un acide minéral le sel

(1) A. HALLER, Ann. Chim. Phys. (6), t. 16, p. 403.
(2) E. LAMBLING, Bull. Soc. Chim, (3), t. 19, p. 778.

de sodium obtenu, on précipite la phényluréthane de l'acide correspondant, soit donc d'une manière générale le corps :

$$R^2 = \underset{\underset{CO.OH}{|}}{CO.CO} Az\, H.\, C^6 H^5.$$

Enfin ces acides, bouillis avec de l'eau, se déshydratent en donnant des anhydrides internes du type

$$R^2 = \underset{\underset{CO}{|}}{CO.CO} Az.\, C^6 H^5,$$

composés qui représentent des dérivés du tétra-hydro-β-oxazol ou oxazolidine.

Oxazolidine   Dérivés obtenus

Tandis que les dérivés de l'oxazol et ceux de l'oxazoline ou dihydro-oxazol,

Oxazol   Oxazoline

ont été décrits en assez grand nombre, ceux-ci par par M. Gabriel et ses élèves[1], ceux-là par MM. Blümlein, Lewy, Japp et Murray, E. Fischer, Minovici,[2] au contraire les oxazolidines actuellement connues sont très

(1) GABRIEL, *D. ch. G.*, t. **22**, p. 1189 et 2220. — GABRIEL et TH HEYMANN, *Ibid.*, t. **23**, p. 2502. — S. GABRIEL et R. STELZNER, *Ibid.*, t. **29**, p. 2381. — F. SAULMANN, *Ibid.*, t. **33**, p. 2631.

(2) BLÖMLEIN, *D. ch. G.*, t. **17**, p. 2007. — M. LEWY, *Ibid.*, t. **20**, p. 2576 et t. **21**, p. 2105. — JAPP et MURRAY, *Journ. of. chem. Soc.* 1893, t. **1**, p. 460 — E. FISCHER, *D. ch. G.*, t. **29**, p. 205. — MINOVICI, *Ibid.*, t. **29**, p. 2007.

rares. Au moment où j'ai commencé le présent travail, et où j'ai décrit dans une note préliminaire[1] les premiers d'entre ces anhydrides internes, on n'avait encore signalé, à ma connaissance, qu'un seul type de dérivés de l'oxazolidine. C'est celui que représente le composé obtenu d'abord par M. Nemirowsky[2] en soustrayant, à l'aide des alcalis, de l'acide chlorhydrique à la phényluréthane ou phénylcarbamate de l'alcool chloréthylique.

$$CH^2O.CO\,Az\,H.C^6H^5 \atop CH^2Cl \quad = HCl + \quad {CH^2O.CO\,Az.C^6H^5 \atop CH^2}$$

Plus tard, M. P. Otto[3], en répétant cette réaction sur des dérivés chlorés analogues (phénylcarbamate de l'alcool dichloro-isopropylique, etc...), a obtenu une série de composés, tous construits sur ce type.

Ce n'est que tout récemment que MM. L. Knorr et H. Matthes[4] ont ajouté à cette série les composés que l'on obtient en traitant les bases oxéthyléniques (éthanolamines) par les aldéhydes :

$$CH^2OH \atop CH^2AzHR \quad + R'.COH = H^2O + \quad {CH^2O.CHR \atop CH^2 - AzR}$$

En ajoutant donc à ces deux types de composés, les anhydrides internes dont je viens de donner plus haut la formule générale, on voit que les oxazolidines actuellement connues appartiennent aux trois types que voici :

I   II   III

$$
\begin{array}{ccc}
\mathrm{I} & \mathrm{II} & \mathrm{III} \\
CH^2 \!\!\overset{O}{\diagup\!\diagdown}\! CHR' & CH^2 \!\!\overset{O}{\diagup\!\diagdown}\! CO & CH^2 \!\!\overset{O}{\diagup\!\diagdown}\! CO \\
CH^2 \!-\! AzR & CH^2 \!-\! Az.C^6H^5 & CO\!-\!Az.C^6H^5
\end{array}
$$

(1) LAMBLING, Bull. Soc. chim., t. **19**, p. 778.
(2) NEMIROWSKY, Journ. prakt. Ch. (nouv. série), t. **31**, p. 173.
(3) P. OTTO, Ibid., t. **44**, p. 15.
(4) KNORR et MATTHES, D. ch. G., t. **34**, p. 3484, 1901.

Tandis que les oxazolidines de MM. Knorr et Matthes (I) ont un caractère nettement basique et donnent notamment des picrates bien cristallisés, les dérivés bicarbonylés (III) que j'ai obtenus sont neutres et ne marquent aucune tendance basique, ce que l'on pouvait prévoir d'ailleurs, leur atome d'azote étant voisin de deux groupes CO et d'un radical C^6H^5, associations dont l'influence acidifiante est bien connue.

On verra de plus que ces composés présentent, comme ceux de MM. Knorr et Matthes, mais à un degré plus marqué encore, ce caractère d'être très instables et de repasser aisément à l'état de corps à chaîne ouverte.

Les oxyacides dont les éthers m'ont donné ces oxazolidines sont les suivants :

> Acide glycolique,
> » lactique,
> » trichlorolactique,
> » α-oxybutyrique,
> » α-oxyisobutyrique,
> » α-oxyvalérianique,
> » α-oxyisovalérianique.
> » phénylglycolique.

J'ai fait réagir en outre l'isocyanate de phényle sur un certain nombre d'oxyacides pris à l'état de liberté.

La réaction du carbanile sur les acides libres a été étudiée avec beaucoup de soin par M. Haller et ses élèves. En ce qui concerne les acides monobasiques, les seuls dont nous ayons à nous occuper ici, voici quels ont été les résultats obtenus par M. Haller [1].

A une température relativement basse, l'isocyanate agit comme un déshydratant, et il se forme l'anhydride et la diphénylurée. Mais si l'on opère à une température

---

(1) A. HALLER, C. R., t. **114**, p. 1320; t. **115**. p. 19 et t. **116**, p. 21.

plus élevée, l'urée formée réagit sur l'anhydride en donnant· naissance à une anilide et à de l'acide carbonique. ,

(1) $2R.CO^2H + 2COAz.C^6H^5 = (R.CO)^2O + CO(AzH.C^6H^5)^2$
$+CO^2$
(2) $(R.CO)^2O + CO(AzH.C^6H^5)^2 = 2RCOAzH.C^6H^5 + CO^2$

Cette réaction, étudiée par M. Haller sur les acides benzoïque, toluique, anisique, lui a permis de préparer les anhydrides correspondants, puis les anilides de ces acides.

Avec les camphorates acides de méthyle α et β, que nous pouvons ranger ici parmi les acides monobasiques, M. Haller a obtenu des anhydrides-éthers :

$$2 C^8H^{14} \begin{matrix} CO.OCH^3 \\ CO.OH \end{matrix} + 2 COAz.C^6H^5$$

$$= C^8H^{14} \begin{matrix} CO.OCH^3 \quad CH^3O.CO \\ CO \text{----} O \text{----} CO \end{matrix} C^8H^{14} + CO(AzH.C^6H^5)^2$$

Pour un grand nombre d'autres acides, la réaction va d'emblée jusqu'au stade de l'anilide. Ainsi se sont comportés les acides cyanacétique, méthylsalicylique et phénylglycolique. Avec les acides méthoxyl-, éthoxyl-, phénoxyl-, thymoxyl- et eugénoxyl-acétique, et avec les acides phénoxylpropionique et benzoyl-lactique, j'ai obtenu de même directement les anilides correspondantes [1].

En reprenant cette étude avec les acides glycolique, lactique, α-oxybutyrique, etc., j'ai constaté qu'il se produit à la fois une réaction d'addition portant sur

---

[1] LAMBLING, *Bull. Soc. chim.* (3), t. **17**, p. 356.

l'oxhydrile alcoolique avec production d'une. phényl-uréthane, et une réaction portant sur le groupe carboxylique et aboutissant, avec dégagement d'acide carbonique, à l'anilide correspondante, et il résulte de là :

1° La phényluréthane de l'acide en question,

$$\begin{array}{l} R^2{=}CO.COAzH.C^6H^5, \\ \quad\ | \\ \quad CO.OH \end{array}$$

laquelle perd immédiatement de l'eau et se transforme en son anhydride interne :

$$\begin{array}{l} R^2{=}CO.COAz.C^6H^5\,; \\ \quad\ | \qquad\quad / \\ \quad CO \end{array}$$

2° L'anilide correspondante,

$$\begin{array}{l} R^2{=}COH \\ \quad\ | \\ \quad CO.AzH.C^6H^5\,; \end{array}$$

3° La phényluréthane de cette anilide,

$$\begin{array}{l} R^2{=}CO.COAzH.C^6H^5 \\ \quad\ | \\ \quad CO.AzH.C^6H^5. \end{array}$$

Je dois dire, en ce qui concerne l'ensemble des réactions de l'isocyanate de phényle sur ces oxyacides et leurs éthers, qu'au moment où j'étais en possession de cinq des anhydrides signalés plus haut et des acides correspondants, j'ai eu connaissance d'un mémoire de M. Travers[1], qui en faisant réagir l'isocyanate de phényle sur l'acide et l'éther lactiques, avait obtenu l'un de ces anhydrides et l'acide correspondant, et qui avait, en outre, entamé l'étude des dérivés analogues

(1) Morris W. Travers. *The action of phenylisocyanate on certain hydroxyacids and their esters.* Londres, 1898.

fournis par l'éther α-oyxbutyrique. Je reviendrai plus loin sur les résultats de M. Travers et les rapprocherai des miens.

J'exposerai donc dans ce qui suit les résultats que j'ai obtenus en étudiant l'action de l'isocyanate de phényle sur les éthers et sur les acides que voici :

> Éther et acide glycolique,
> Éther et acide lactique,
> Éther et acide trichlorolactique,
> Éther et acide α-oxybutyrique,
> Éther et acide α-oxyisobutyrique,
> Éther α-oxyvalérianique,
> Éther α-oxyisovalérianique,
> Éther diéthyloxalique,
> Éther et acide phénylglycolique,
> Éther et acide benzilique.

Tous ces composés renferment leur oxhydrile alcoolique en position α par rapport au groupe carboxylique. J'ai étudié en outre la même réaction avec l'éther méthylsalicylique, corps dans lequel l'oxhydrile phénolique est en position β par rapport au groupe CO.OH ; dans ces conditions, on n'obtient plus ni la phényluréthane de l'acide, ni la lactame correspondante.

M. A. Haller a bien voulu m'assister de ses conseils au cours de ce travail. Je le prie de recevoir ici l'expression de mes sentiments de reconnaissance et de respectueuse affection.

I

ACTION DE L'ISOCYANATE DE PHÉNYLE SUR LE GLYCOLATE D'ÉTHYLE ET SUR L'ACIDE GLYCOLIQUE.

§ I. — **Glycolate d'éthyle.**

1º *Phényluréthane de l'éther glycolique*,

$$\begin{array}{l} CH^2O.CO\,Az\,H.C^6H^5 \\ | \\ CO.O\,C^2H^5 \end{array} \quad = \quad C^{11}H^{13}Az\,O^4.$$

—On chauffe au bain d'huile, à 120-130º, quantités équimoléculaires de carbanile et d'éther. Après une vingtaine de minutes, l'odeur de l'isocyanate a disparu ou s'est considérablement atténuée, et une goutte de ce mélange prélevée au bout d'une baguette se prend en une masse cristalline blanche, surtout lorsqu'on la traite sur un verre de montre par un peu d'éther de pétrole [1]. On peut chauffer aussi au bain-marie, mais l'addition de l'isocyanate à l'éther n'est alors complète qu'en trois ou quatre heures.

La masse solide obtenue par refroidissement est recristallisée plusieurs fois dans un mélange à parties égales d'éther et d'éther de pétrole, qui l'abandonne en amas soyeux formés d'aiguilles ou de prismes microscopiques, fusibles à 66º,5.

---

[1] On entendra toujours par là, dans la suite de ce travail, un pétrole léger passant à la distillation au dessous de 70º.

Combustion

	gr	
Matière............	0,3426	
Acide carbonique....	0,7450	Calculé pour
Eau	0,1938	$C^{11} H^{13} Az O^4$
C p. 100...........	59,30	59,19
H p. 100...........	6,28	5,83

Dosage de l'azote

Matière	0gr,3908	
Volume d'azote	21cc,8	
Température	16°	
Pression	766mm	
Az p. 100...........	6,51	6,28

Ce corps est très soluble dans l'alcool fort, d'où l'eau le précipite en fines aiguilles microscopiques. Il est très soluble aussi dans le chloroforme, dans le benzène, dans le mélange d'éther et d'éther de pétrole qui l'abandonnent en fines aiguilles allongées.

2° *Phényluréthane de l'acide glycolique,*

$$\begin{matrix} CH^2 O.COAz H.C^6 H^5 \\ | \\ CO.OH \end{matrix} = C^9 H^9 Az O^4.$$

— On fait bouillir pendant 15 minutes, au réfrigérant à reflux, 10 gr. de l'uréthane de l'éther avec la quantité théorique de soude normale, nécessaire à la saponification, soit 45cc. L'éther fond en une masse huileuse, puis se dissout rapidement. Par refroidissement il se dépose quelques rares aiguilles, très petites, que l'on caractérise facilement comme étant de la diphénylurée d'après le point de fusion (236°) et l'odeur de carbanile qu'elles dégagent à la calcination.

Le liquide séparé de ces cristaux est traité par le volume correspondant d'acide chlorhydrique normal, puis épuisé par l'éther, lequel fournit par évaporation un acide déjà blanc et assez pur et représentant un rendement d'environ 85 p. 100 de la quantité théorique. On peut aussi précipiter cet acide de sa dissolution éthérée au moyen de l'éther de pétrole.

On le purifie par recristallisation dans le chloroforme bouillant, dans lequel il n'est que médiocrement soluble à chaud, moins soluble encore à froid, et qui fournit assez rapidement un produit pur, cristallisé en petits prismes rectangulaires aplatis, fusibles à 141°. Pour une purification sommaire, on peut se contenter de faire bouillir l'acide brut deux ou trois fois avec du chloroforme, qui se charge d'impuretés colorées et autres, et d'essorer le tout à la trompe après refroidissement. On obtient rapidement de la sorte, avec une perte de matière très médiocre, un produit fondant à 139° — 140° et d'une pureté suffisante pour les opérations ultérieures.

Combustion

	I	II	Calculé pour $C^9 H^9 Az O^4$
Matière	0,3405^{gr}	0,1936^{gr}	
Acide carbonique.	0,6915	0,3901	
Eau.............	0,1516	0,0811	
C p. 100.........	55,38	51,95	55,38
H p. 100	4,94	4,65	4,61

Dosage de l'azote

Matière...................	0^{gr},3072	
Volume d'azote..........	19^{cc},7	
Température..............	16°,5	
Pression.................	754^{mm},1	
Az p. 100	7,34	7,18

Détermination de l'acidité

Matière	0^{gr},6181
Soude N/10 neutralisée	51^{cc},55
Calculé p. $C^9 H^8 Az O^4 Na$ ...	31,7

Ce corps est peu soluble dans l'eau froide, plus soluble dans l'eau bouillante, mais avec transformation plus ou moins avancée en son anhydride interne, comme on va le montrer plus loin. Il est assez soluble dans l'alcool chaud, d'où l'eau le précipite en prismes aplatis ou en tablettes quadrangulaires microscopiques. Il est soluble aussi dans l'alcool aqueux, dans l'éther, dans le chloroforme, moins soluble dans l'éther de pétrole. Ces divers dissolvants l'abandonnent par évaporation lente en lamelles microscopiques carrées ou rectangulaires.

Lorsqu'il fond à la température de 141°, il bouillonne manifestement en abandonnant de la vapeur d'eau et se transforme dans l'anhydride déjà cité. Si l'on élève la température, on obtient vers 150°-160°, un beau sublimé d'anhydride, en fines aiguilles de 1 à 2 centimètres de long.

Tandis qu'à 100°, l'acide se déshydrate au sein de l'eau, à 150° en tube scellé, l'atteinte est plus profonde. Trois grammes d'acide, chauffés pendant cinq heures à 150°-160° en tube scellé avec 60^{cc} d'eau, ont donné à l'ouverture du tube un abondant dégagement d'acide carbonique. Le liquide rouge foncé, neutralisé exactement par la soude, a été épuisé par l'éther, lequel abandonne par évaporation un corps blanc, cristallisé en aiguilles prismatiques, microscopiques, et présentant la composition et les propriétés de la *glycolanilide* décrite par MM. Norton et Tscherniak (1). Deux dosages d'azote, d'après Kjeldahl, portant sur le produit de deux opérations différentes, ont donné les résultats suivants :

Dosage de l'azote

	I	II	
Matière	0^{gr},4162	0^{gr},3012	Calculé pour
Acide sulf. N/4 neutralisé .	10^{cc},8	8^{cc},0	C^{8}H^{9}AzO^2
Az p. 100	9,08	9,20	9,27

(1) Norton et Tscherniak, *Bull. Soc. chim.*, t. **30**, p. 103.

Le liquide aqueux épuisé par l'éther a laissé par évaporation une petite quantité du sel de soude d'un acide organique, qui est probablement de l'acide glycolique. En effet, la dissolution concentrée de ce sel traitée par une solution de chlorure de calcium a donné un précipité d'un sel de chaux, qui, repris par l'eau bouillante, a présenté la forme cristalline et toutes les apparences du glycolate de calcium (voy. plus loin, p. 14), mais qu'on n'a pas pu obtenir en quantité suffisante pour l'analyse. On a constaté d'autre part que l'éther enlève au liquide neutralisé, en même temps que la glycolanilide, un peu d'une substance donnant les réactions de l'aniline.

Le dédoublement produit par l'eau est dès lors des plus simples. L'acide se défait à 150° en acide carbonique et en glycolanilide d'après l'équation :

$$\begin{matrix} CH^2O.CO\,AzH.C^6H^5 \\ | \\ CO.OH \end{matrix} = CO^2 + \begin{matrix} CH^2OH \\ | \\ CO.AzH.C^6H^5 \end{matrix}$$

Puis la glycolanilide elle-même subit probablement en présence de l'eau le dédoublement bien connu en ses deux constituants, acide glycolique et aniline.

J'ai étudié également le dédoublement de cet acide sous l'action de la soude aqueuse à 100°. On montrera plus loin qu'avec les phényluréthanes d'oxyacides à fonction alcool secondaire et, mieux encore, à fonction alcool tertiaire, le dédoublement en acide carbonique et anilide se fait très rapidement en présence de la soude et même sous la simple action de l'eau bouillante. L'action est alors très rapide et le dédoublement s'arrête au stade exprimé par l'équation :

$$\begin{matrix} R^2 \\ \| \\ CO.CO\,AzH.C^6H^5 \\ | \\ CO.OH \end{matrix} + 2\,NaOH = CO^3Na^2 + \begin{matrix} R^2 \\ \| \\ COH \\ | \\ CO.AzH.C^6H^5 \end{matrix} + H^2O$$

Avec la phényluréthane de l'acide glycolique, les choses se sont passées différemment. Lorsqu'on fait bouillir 3ᵍʳ de la phényluréthane de l'acide avec un volume de soude normale correspondant à deux molécules de soude pour une molécule d'acide, on constate que même après quatre heures de chauffe, le liquide contient encore une notable quantité d'acide non attaqué. Le reste a subi une décomposition plus profonde en acide carbonique, aniline et acide glycolique.

En effet, le liquide alcalin obtenu, épuisé par l'éther, fournit une huile rouge brun, présentant toutes les réactions de l'aniline et notamment la coloration violette de la solution aqueuse en présence du chlorure de chaux. Transformée en sulfate neutre par une quantité calculée d'acide sulfurique, elle a donné à l'analyse les résultats suivants :

Dosage de l'azote

		Calculé pour
Matière.................	0ᵍʳ,2444	
Acide sulfurique N/4 neut.	6ᶜᶜ,25	$SO^4H^2(C^6H^5AzH^2)^2$
Az p. 100.................	9,74	9,85

Après épuisement par l'éther, on ajoute un volume d'acide sulfurique normal égal au volume de soude employé — ce qui provoque une effervescence manifeste — et on épuise à nouveau par l'éther qui ne dissout qu'un peu de l'acide primitif non entré en réaction, l'acide glycolique n'étant que très difficilement enlevé à ses solutions aqueuses par l'éther. Le liquide acide restant est évaporé à sec et le résidu est épuisé par de l'éther. On obtient ainsi finalement, par évaporation de l'éther, un sirop acide qui représente de l'acide glycolique. En effet, le sel de calcium de cet acide cristallise de l'eau bouillante en cristaux étoilés, ayant l'aspect caractéristique que leur décrit M. de Forcrand[1]

---

(1) A. DE FORCRAND, *Bull. Soc. chim*, t. 39, p. 314.

et présentant notamment cette propriété d'emprisonner mécaniquement des quantités d'eau considérables. Un dosage de calcium portant sur le sel séché à 112° a donné le résultat suivant :

Dosage du calcium

	gr	
Matière........	0,2636	Calculé pour
SO⁴Ca........	0,1821	$(C^2H^3O^3)^2Ca$
Ca p. 100	20,32	21,05

Les produits de l'action de la soude aqueuse à 100° sur la phényluréthane de l'acide glycolique sont donc bien l'acide carbonique, l'aniline et l'acide glycolique.

3° *Sels de la phényluréthane de l'acide glycolique.* — J'ai préparé avec cet acide les sels de sodium, d'ammonium, de baryum et d'argent.

Sel de sodium, $C^9H^8AzO^4Na,2H^2O$. — Ce sel a été préparé en dissolvant 3ᵍʳ d'acide dans un peu d'alcool, ajoutant la quantité théorique de soude normale bien pure et évaporant à sec dans le vide à la température ordinaire. On obtient ainsi un amas de fines aiguilles d'aspect soyeux, brillant, de 1 à 3ᶜᵐ de long et associées en grandes gerbes très légères. Il fond à 167° avec décomposition. Ainsi obtenu, le sel est anhydre. Il cristallise au contraire de sa solution aqueuse, suffisamment concentrée, en aiguilles contenant deux molécules d'eau.

Dosage de l'eau

	gr	
Matière séchée à l'air..	0,5476	Calculé pour
Perte à 120°..........	0,0770	$C^9H^8AzO^4Na,2H^2O$
H²O p. 100	14,06	14,22

Dosage du sodium

	gr	gr	
Matière séchée à 120°	0,4712	0,5583	Calculé pour
SO^4Na^2	0,1580	0,1833	$C^9H^8AzO^4Na$
Na p. 100	10,86	10,63	10,60

Dosage de l'azote

Matière	0gr,2978	
Acide sulfurique N/4 neutr...	5cc,35	
Az p. 100	6,28	6,45

Ce sel est très soluble dans l'eau, un peu soluble aussi à chaud dans l'alcool à 95°. Calciné sur une lame de platine, il brûle avec une flamme éclairante en répandant une forte odeur de carbanile. En solution aqueuse à 5 p. 100, il est précipité par la plupart des sels alcalino-terreux et métalliques. On décrira plus loin les sels de baryum et d'argent. Avec le chlorure de *calcium* le précipité, très abondant, n'apparaît qu'après une agitation prolongée et est en fines aiguilles microscopiques. Avec le chlorure de *strontium*, le précipité, très lent à se former, est rare, grenu et lourd et se présente au microscope en tables rectangulaires. Le sulfate de *zinc* donne après agitation un précipité abondant, en tablettes microscopiques carrées ou rectangulaires. Le sulfate de *cuivre* donne un précipité immédiat, bleu pâle, formé de fines aiguilles microscopiques associés en choux fleurs. Enfin l'azotate de *plomb* et le perchlorure de *fer* donnent tous deux des précipités caséeux, s'organisant peu à peu en fines aiguilles microscopiques.

Sel d'ammonium, $C^9H^8AzO^4.AzH^4$. — On l'a préparé en saturant de gaz ammoniac sec une solution de l'acide dans l'alcool absolu. Il se précipite presqu'aussitôt des cristaux en prismes microscopiques allongés ou en fines aiguilles. On laisse reposer pendant 12 heures, puis on évapore au-dessus de l'acide sulfurique dans le vide. On obtient ainsi un amas léger, d'aspect un peu micacé, et qui représente le sel anhydre.

Ce sel se décompose facilement à l'étuve à 112° en perdant des quantités considérables d'ammoniaque. Sa réaction devient alors fortement acide et il ne se dissout plus qu'incomplètement dans l'eau, parce qu'une partie du sel a été transformée en acide libre peu soluble. Même à la température ordinaire, le sel perd un peu d'ammoniaque au-dessus de l'acide sulfurique, ainsi que le démontrent les analyses suivantes :

Dosage de l'azote total

	I	II	
Matière............	0^{gr},3537	0^{gr},3200	Calculé pour
Ac. sulf. N/4 neutr.	13^{cc},0	12^{cc},1	C^{9}H^{8}AzO^4.AzH^4
Az p. 100	12,86	12,86	13,23

Dosage de l'azote ammoniacal

Matière......................	0^{gr},2666	
Acide sulf. N/4 neutralisé.....	4^{cc},95	
Az p. 100....................	6,49	6,61

On voit que le déficit d'azote est constant ; la solution aqueuse du sel analysé était d'ailleurs franchement acide au papier, bien qu'on eut pris la précaution de l'humecter d'un peu d'éther absolu saturé de gaz ammoniac et de ne le dessécher au-dessus de l'acide sulfurique que pendant quelques heures.

. Ce sel est très soluble dans l'eau, soluble aussi dans l'alcool, insoluble dans l'éther. Il fond avec bouillonnement à 148-150°, perd de l'ammoniaque et donne rapidement, surtout quand on pousse la température vers 160°, un sublimé d'aiguilles blanches, représentant l'anhydride déjà cité.

Sel de baryum $(C^9 H^8 Az O^4)^2 Ba, 3H^2 O$. — Il a été obtenu en précipitant la solution aqueuse du sel de sodium par la quantité calculée d'azotate de baryum. Le précipité caséeux obtenu est recristallisé dans l'eau bouillante qui l'abandonne en un feutrage de prismes allongés microscopiques, que l'on dessèche à l'air pendant quelques jours.

Le dosage de l'eau de cristallisation retenue par ce sel a présenté des difficultés que l'on a retrouvées pour les sels d'un grand nombre de ces acides. A 130° le départ de l'eau est très lent et dure de 13 à 15 heures. Au-delà il est plus rapide, mais l'aspect du sel desséché, et l'excès de baryum révélé par l'analyse montrent clairement qu'il y a eu décomposition partielle, sans doute par dissociation du groupement uréthane. Même à 130°, on constate que le sel perd presqu'indéfiniment un peu de son poids.

Dosage de l'eau

	I	II	
	gr	gr	Calculé pour
Matière séchée à l'air	0,5833	0,4915	
Perte à 130°	0,0514	0,0460	$(C^9 H^8 Az O^4)^2 Ba, 3H^2 O$
$H^2 O$ p. 100	8,81	9,35	» 9,32

Ces deux échantillons de sel séché à 130° ont donné pour le dosage du baryum, les résultats suivants, lesquels concordent bien avec les précédents.

Dosage du baryum

	I	II	
	gr	gr	Calculé pour
Matière	0,5318	0,4432	
$SO^4 Ba$	0,2356	0,1986	$(C^9 H^8 Az O^4)^2 Ba$
Ba p. 100	26,04	26,34	26,15

On obtient pour le baryum des résultats plus rapprochés lorsqu'on dessèche d'abord longuement le sel au dessus de l'acide sulfurique et qu'on achève la dessication à 130°.

Dosage du baryum

	III	IV
	gr	gr
Matière.............	0,4680	0,5421
SO⁴Ba.............	0,2080	0,2412
Ba p. 100.............	26,13	26,14

Dosage de l'azote

	III	IV	
Matière séchée à 130°..	0gr,3093	0gr,2956	Calculé pour
Ac. sulf. N/4 neutr....	4cc,60	4cc,40	$(C^9 H^8 Az O^4)^2 Ba$
Az p. 100	5,20	5,20	5,33

Ce sel est en fines aiguilles microscopiques, peu solubles dans l'eau froide, assez solubles dans l'eau bouillante, et emprisonnant au moment de sa cristallisation des quantités d'eau considérables, si bien que les solutions faites à chaud se prennent facilement en masse par le refroidissement.

Sel d'argent, $C^9 H^8 Az O^4 Ag$. — On l'obtient facilement par double décomposition, en traitant la solution aqueuse du sel de sodium par la quantité calculée de nitrate d'argent en solution aqueuse. Le sel se précipite en fines aiguilles que l'on purifie par recristallisation dans l'eau chaude.

Il est assez stable et ne noircit que lentement à la lumière. Séché à l'air pendant quelques jours, il retient une quantité d'eau qui correspond environ à une molécule d'eau de cristallisation, mais le départ complet de cette eau n'a lieu qu'à la température de 120° et il est accompagné d'une visible décomposition du sel. A 110°, la dessication du sel est très lente, et le dosage de l'argent donne alors des résultats un peu trop faibles.

Dosage de l'eau

	gr	
Matière séchée à l'air ...	0,4846	Calculé pour
Perte à 120°	0,0234	$C^9 H^8 Az O^4 Ag, H^2O$
H²O p. 100..............	4,82	5,62

Dosage de l'argent

	gr	
Matière séchée à 120°....	0,4578	Calculé pour
Ag....................	0,1664	$C^9 H^8 Az O^4 Ag$
Ag p. 100..............	36,34	35,76

Dosage de l'azote

Matière séchée à 120°....	0gr,3506	
Acide sulf. N/4 neutralisé	4cc,8	
Az p. 100	4,79	4,03

Si l'on pousse la dessication jusqu'à 130°, le sel noircit encore plus fortement, et l'analyse indique jusqu'à 38 p. 100 d'argent.

Traité par l'iodure d'éthyle, ce sel reproduit la phényluréthane de l'éther glycolique (voy. p. 28).

4° *Lactame dérivée de la phényluréthane de l'acide glycolique*,

$$\begin{array}{l} CH^2 O . CO Az . C^6 H^5 \\ | \qquad\qquad\qquad\diagup \\ CO \end{array} = C^9 H^7 Az O^3,$$

αμ-Dicéto-ν-phényloxazolidine. (1)

— Lorsqu'on fait bouillir avec de l'eau la phényluréthane de l'acide glycolique, on constate que déjà au bout d'une

---

(1) Tous les auteurs qui ont étudié les oxazols et leurs dérivés, et notamment E. Fischer, S. Gabriel et leurs élèves, ont adopté cette nomenclature. Je l'ai également conservée ici pour cette raison toute d'ordre pratique. bien que d'autres propositions aient été faites depuis cette époque. (Voyez notamment BOUVEAULT, *Nouveau Supp. du Dict. de Wurtz*, I, p. 1043 et *Association française pour l'avancement des Sciences*, 1897).

demi-heure il se précipite, par refroidissement du liquide, de petites aiguilles tout à fait différentes des tablettes quadrangulaires de l'acide dont on est parti.

Lavé avec un peu d'eau froide, puis recristallisé dans l'alcool bouillant, ce corps se présente en aiguilles micros-copiques très fines, neutres au papier de tournesol et fondant à 126°. Il a donné à l'analyse les résultats que voici :

Combustion

	I	II	
	gr	gr	
Matière	0,2291	0,1874	
Acide carbonique..	0,5086	0,4180	Calculé pour
Eau...............	0,0865	0,0702	$C^9H^7AzO^3$
C p. 100...........	60,54	60,82	61,02
H p. 100...........	4,19	4,16	3,95

Dosage de l'azote

Matière.............	0gr,3160	
Volume d'azote......	21cc,5	
Température........	14°	
Pression...........	745mm,9	
Az p. 100...........	7,79	7,91

Ce corps est très peu soluble dans l'eau froide, plus soluble dans l'eau bouillante, mais avec retransformation partielle en acide (voy. p. 23). Il est assez soluble à chaud dans l'alcool et dans le benzène, beaucoup moins soluble à froid. Il est soluble aussi dans le chloroforme qui l'aban-donne par évaporation sous la forme d'un feutrage soyeux et léger de fines aiguilles, mais l'éther ne le dissout que médiocrement. A froid il n'est attaqué que lentement par la solution de carbonate de sodium, mais à l'ébullition il est dissous assez rapidement avec formation du sel de soude correspondant. Les alcalis caustiques le dissolvent plus vite encore, et de ces dissolutions les acides minéraux précipitent, lorsque l'addition est ménagée, les tablettes quadrangulaires caractéristiques de l'acide.

Cette oxazolidine, comme toutes celles dont la description va suivre, n'a aucune propriété basique. Elle ne manifeste notamment aucune tendance à former des sels, contrairement à ce qu'ont observé MM. Knorr et Matthes, pour leurs oxazolidines ne renfermant pas de carbonyles. On a vu quelle est sans doute la raison de ces différences (voy. p. 5).

Ce composé représente, d'après ce qui précède, un anhydride interne de la phényluréthane de l'acide glycolique, une lactame phénylée :

$$\begin{array}{l} CH^2 O.COAzH.C^6H^5 \\ | \\ CO.OH \end{array} = H^2O + \begin{array}{l} CH^2 O.CO Az.C^6H^5 \\ | \\ CO \end{array}$$

Cette condensation intramoléculaire est analogue à celle qui s'opère dans le passage de l'acide δ-amido-valérianique à la δ-valéro-lactame correspondante, ou oxypipéridine, ou dans celui de l'acide o-amido-phénylacétique à l'oxindol.

$$\begin{array}{l} CH^2\text{-}CH^2\text{-}CH^2\text{-}CH^2\text{-}AzH^2 \\ | \\ CO\,OH \end{array} = H^2O + \begin{array}{l} CH^2\text{-}CH^2\text{-}CH^2\text{-}CH^2\text{-}AzH \\ | \\ CO \end{array}$$

$$\begin{array}{l} C^6H^4\text{-}CH^2\text{-}CO.OH \\ | \\ AzH^2 \end{array} = H^2O + \begin{array}{l} C^6H^4\text{-}CH^2\text{-}CO \\ | \\ AzH \end{array}$$

Cette déshydratation se produit aussi par voie sèche, et déjà à 141°, pendant la fusion de l'acide, laquelle s'opère, comme on l'a dit plus haut, avec bouillonnement à cause du départ de la vapeur d'eau, et on a vu qu'à 150-160° l'acide ou son sel d'ammoniaque fournissent un très beau sublimé d'anhydride. Toutefois les rendements sont médiocres et la déshydratation au sein de l'eau bouillante fournit de bien meilleurs résultats.

J'ai essayé aussi d'éviter le détour par l'acide en soumettant directement à l'ébullition la phényluréthane de l'éther glycolique. L'anhydride se forme alors par départ d'alcool, mais la transformation est très lente. Même après 12 heures d'ébullition au réfrigérant à reflux, il reste encore un tiers environ d'éther non transformé. Avec l'acide chlorhydrique aqueux et au bain-marie, l'action est au contraire trop profonde, et les rendements sont médiocres.

Cette transformation de la phényluréthane de l'acide glycolique en sa lactame au sein de l'eau bouillante est une réaction limitée. Il suffit pour s'en assurer de faire bouillir avec de l'eau un peu de l'anhydride parfai-neutre : La liqueur devient presqu'aussitôt franchement acide. J'ai essayé de déterminer la limite de cette trans-formation à la température de l'ébullition et pour des dissolutions contenant 0,60 p. 100 d'acide ou d'anhydride calculé en acide. Comme les deux produits en présence sont peu solubles dans l'eau froide, surtout l'anhydride, on a opéré de la manière suivante :

On introduit respectivement dans deux séries de ballonnets, de 150^{cc} de capacité, des quantités connues de l'acide et de l'anhydride, voisines de 0^{gr},30 et on ajoute ensuite, dans chaque ballon, un volume d'eau tel que tous contiennent 50^{cc} d'eau pour 0^{gr},30 d'acide ou d'anhy-dride calculé en acide. Les ballons sont adaptés chacun à un bon réfrigérant à reflux et les liquides sont maintenus à l'ébullition pendant des temps variant de 1 à 10 ou 11 heures. On s'est assuré par des pesées successives que la condensation est suffisamment efficace et que la perte de poids d'un ballon est à peine de 0^{gr},80 en huit heures. Au bout du temps fixé, chaque ballon est plongé dans l'eau froide, puis on ajoute un peu d'alcool (bien neutre et exempt d'acide carbonique) afin de redissoudre les cristaux précipités par le refroidissement, et l'on fait le titrage acidimétrique du contenu avec de l'eau de baryte et la phénolphtaleine comme indicateur. Des essais préalables avaient établi bien entendu la valeur exacte de l'eau de baryte vis-à-vis de l'acide employé.

Voici le détail d'une des opérations :

I

Phényluréthane de l'ac. glycolique..............	$0^{gr},3083$
Eau distillée...................................	$51^{cc},4$
Volume d'eau de baryte calculé pour $0^{gr},3083$ d'acide	$15^{cc},01$
Volume d'eau de baryte employé pour la neutralisation, après une heure d'ébullition........ ..	$9^{cc},8$
Acide transformé en anhydride..........	34.75 p. 100

II

Anhydride : $0^{gr},2891$, valant en acide............	$0^{gr},3182$
Eau distillée.	53,05
Volume d'eau de baryte calculé pour $0^{gr}3182$ d'acide	$15^{cc},5$
Volume d'eau de baryte employé pour la neutralisation, après 1 heure d'ébullition............	$3^{cc},3$
Anhydride transformé en acide.................	21,30 p.100

Je réunis ci-après le résultat final de toutes les opérations qui ont été faites.

1° En partant de 100 p. d'acide, en solution à 0,60 p.100, à l'ébullition, on trouve :

	Après 1 h.	Après 2 h.	Après 5 h.	Après 8 h. 1/2	Après 10 h. 40
Acide.....	65,25	53,91	45,51	42,74	40,0
Anhydride	34,75	46,09	54,49	57,26	60,0

2° En partant d'une quantité d'anhydride équivalente à 100 parties d'acide, on a dans les mêmes conditions :

	Après 1 h.	Après 2 h.	Après 5 h.	Après 8 h. 1/2
Acide.....	21,30	27,86	31,11	36,81
Anhydride	78,70	72,14	68,89	63,19

On voit donc que les deux systèmes : acide + eau bouillante et anhydride + eau bouillante tendent visiblement vers une même limite située au voisinage de 40 p. 100 d'acide contre 60 p. 100 d'anydride. Je n'ai pas pu serrer de plus près cette limite, par la raison que vers la douzième heure d'ébullition, il se produit un commencement de décomposition se traduisant par des irrégularités fréquentes dans les résultats. Il est probable que l'acide commence à se transformer partiellement en anilide avec perte d'acide carbonique. Ainsi s'expliqueraient les chutes brusques et considérables de l'acidité du liquide que j'ai observées parfois vers la douzième heure d'ébullition.

Cette formation de l'anydride au dépens de l'acide a lieu déjà à la température ordinaire. De l'anhydride mis en contact avec de l'eau donne un mélange qui d'abord parfaitement neutre devient franchement acide vers le 6e et le 7e jour.

Je me suis assuré bien entendu que l'acide régénéré en partant de l'anhydride est identique à celui qui provient de la saponification de la phényluréthane de l'acide glycolique. La question devait être posée. Il n'était pas certain, en effet, *a priori* que la chaîne fermée constituée par l'anhydride dût se rouvrir sous l'action des alcalis de la manière que l'on a admise plus haut, c'est-à-dire conformément aux schémas que voici :

$$\begin{array}{c} CH^2O.COAz.C^6H^5 \\ | \\ CO \end{array} \diagdown \quad + H^2O = \begin{array}{c} CH^2O.COAzH.C^6H^5 \\ | \\ CO.OH \end{array}$$

La liaison entre CO et Az est une liaison d'anilide, laquelle est d'ordinaire assez résistante, et l'on pouvait imaginer pour l'acide résultant de l'hydratation de l'anhydride une autre constitution. C'est ce qu'a fait M. Morris W. Travers dans le travail déjà cité plus haut et sur lequel je reviendrai à propos de l'acide et de l'éther lactique.

En faisant réagir l'isocyanate de phényle sur l'éther lactique, M. Travers[1] a obtenu un produit de condensation qui, saponifié par l'acide chlorhydrique à chaud, lui a donné directement un anhydride, homologue supérieur de celui que je viens de décrire, et auquel il a attribué la formule que j'avais adoptée moi-même, à savoir :

$$CH^3 - \overset{|}{\underset{CO}{CHO}}.COAz.C^6H^5$$

Mais pour l'acide, que M. Travers n'a dailleurs obtenu que par l'intermédiaire de l'anhydride, ce chimiste adopte la formule que voici :

$$CH^3 \overset{.}{\underset{|}{CHOH}}$$
$$CO - Az\underset{CO.OH}{\overset{C^6H^5}{<}}$$

en supposant donc que la chaîne fermée se rouvre au lieu de fixation de l'isocyanate de phényle sur la fonction alcool secondaire et en faisant par conséquent de ce composé *l'acide lactyl-phénylcarbamique*. Pareillement l'acide dérivé de l'acide glycolique, serait, en suivant M. Travers, l'acide *glycolyl-phénylcarbamique*,

$$CH^2.OH$$
$$\underset{|}{CO.Az}\underset{CO.OH}{\overset{C^6H^5}{<}}.$$

Il n'existe, à ma connaissance, qu'un acide de ce type ; c'est *l'acide acétyl-phénylcarbamique*,

$$CH^3.CO.Az\underset{CO.OH}{\overset{C^6H^5}{<}}$$

---

(1) Morris W. Travers, *The action of phénylisocyanate on certain hydroxyacids and their esters*, Londres, 1898.

que M. Seifert [1] a obtenu, sous la forme du sel de
sodium, en faisant passer un courant d'acide carbonique
sur de la sodacétanilide. Mais ce sel est extrêmement
instable. Chauffé à l'état sec, il abandonne déjà au
dessous de 100° un courant continu de gaz carbonique,
et au contact de l'eau et de l'éther il se décompose
aussitôt en acétanilide qui se dissout dans l'éther, et
en carbonate acide de sodium qui se dissout dans l'eau.

Il est donc a *priori* douteux que la substitution
d'un radical glycolyle ou lactyle au radical acétyle
de l'acide acétyl-phénylcarbamique, confère à cette
molécule la stabilité que manifestent respectivement les
phényluréthanes des acides glycolique et lactique.

On aurait pu essayer de trancher la question en
préparant directement de l'acide lactyl- ou glycolyl-
phénylcarbamique, par le procédé même qui fournit
l'acide acétyl-phénylcarbamique, c'est-à-dire en faisant
agir l'anhydride carbonique sur la lactanilide sodée ou
la glycolanilide sodée. Mais il est probabe que dans
l'action du sodium sur ces deux anilides, ce métal se
serait porté aussi bien sur l'oxhydrile alcoolique que
sur l'hydrogène du groupe AzH^2, si bien que finalement
on serait resté dans l'incertitude quant à la constitution
du produit obtenu.

Le problème peut être résolu très simplement par
une autre voie. J'ai constaté d'abord, comme je l'ai dit
en commençant cette discussion, que l'acide provenant
de la saponification de la phényluréthane de l'éther
glycolique, et celui que l'on régénère en dissolvant
l'anhydride dans un alcali, puis précipitant par un acide
fort, sont une seule et même substance.

Tous deux fondent à 141°. Dissous dans l'alcool
aqueux, dans le mélange d'éther et d'éther de pétrole,

---

(1) SEIFERT, *D. ch. G.*, t. **18**, p. 1858.

dans le chloroforme, ils donnent par évaporation lente
de ces dissolutions exactement la même image microscopique. Ce sont des lamelles légères, carrées ou
rectangulaires, et plus ou moins grandes, selon le
dissolvant employé.

J'ai déterminé, d'autre part, au réfractomètre de
Puhlfrich, l'indice de réfraction d'une dissolution alcoolique à 10 p. 100 de chacun de ces acides. La solution
était préparée chaque fois en ajoutant à un poids donné
de ces acides (environ $0^{gr},50$ à $0^{gr},60$), un volume d'alcool
à 95° tel que la dissolution fut à 10 p. 100. L'alcool était
mesuré avec une burette graduée au 20e de centimètre
cube et permettant aisément la lecture du 40e de centimètre cube. L'expérience a été faite à 15°. La valeur de
N_D pour le prisme de l'appareil employé était de 1,62098.

Alcool employé [1]

$$i = 60° 29'$$
$$n = 1,36759$$

	Acide de saponification		Acide régénéré de l'anhydride	
	I	II	I	II
Matière ..	$0^{gr},5964$	$0^{gr},5730$	$0^{gr},6072$	$0^{gr},6130$
Alcool....	$5^{cc},96$	$5^{cc},73$	$6^{cc},67$	$6^{cc},13$
i........	57°51'	57°52'	57°53'	57°52
n	1,38229	1,38220	1,38200	1,38220

Les deux acides sont donc identiques. On a complété
cette démonstration en éthérifiant l'acide provenant de
l'anhydride, ce qui peut être fait très aisément par
l'intermédiaire du sel d'argent et de l'iodure d'éthyle.
On obtient ainsi un corps cristallisé en aiguilles fusibles

_____

(1) C'était de l'alcool marquant à peu près 95°. Il n'y avait aucun
intérêt, étant donné le caractère de comparaison de ces expériences, à
faire ici une détermination plus précise.

à 65°-66° comme la phényluréthane de l'éther glycolique. L'analyse de ce corps a donné les résultats suivants :

Combustion

		gr	
Matière............	0,3428		
Acide carbonique..	0,7450		Calculé pour
Eau..............	0,1938		$C^{11}H^{13}AzO^4$
C p. 100..........	59,26		59,19
H p. 100.........	6,28		5,83

Dosage de l'azote

Matière............	0gr,5064	
Volume d'azote.....	27cc,5	
Température.......	13°	
Pression..........	757mm	
Az p. 100..........	6,31	6,31

De plus le corps ainsi obtenu et la phényluréthane préparée par l'action directe du carbanile sur l'éther glycolique, ont donné tous deux lorsqu'on évapore lentement leur dissolution dans l'alcool, dans le chloroforme, dans le mélange d'éther et d'éther de pétrole, exactement la même image microscopique. Enfin comparés au réfractomètre de Puhlfrich en solution dans l'alcool à 95°, à 10,85 p. 100, ils ont donné le même indice de réfraction. L'opération a été conduite comme pour l'acide, à la température de 17°.

Alcool employé

$$i = 60° 51'$$
$$n = 1,36359$$

	Éther obtenu directement		*Éther régénéré* en partant de l'anhydride	
	I	II	I	II
Matière..	0gr,5428	0gr,5908	0gr,5760	0gr,5814
Alcool...	5cc,00	5cc,41	5cc,30	5cc,36
i........	58'13'	58'12'	58'12'	58'12
n	1,38031	1,38031	1,38031	1,38031

Il résulte de ce qui précède :

1º que l'acide obtenu par la saponification de la phényluréthane de l'éther et celui que fournit l'anhydride par dissolution dans les alcalis sont identiques;

2º Que l'éther régénéré en partant de cet acide est identique avec celui que fournit l'action de l'isocyanate de phényle sur l'éther glycolique.

Il suit de là que la suite des transformations sur lesquelles porte cette discussion ne peut être représentée dans les deux sens, que par les étapes suivantes :

$$
\begin{array}{ccc}
\text{I} & \text{II} & \text{III} \\
\underset{\displaystyle CO.OC^2H^5}{|}CH^2O.COAzH.C^6H^5 \longrightarrow & \underset{\displaystyle CO.OH}{|}CH^2O.COAzH.C^6H^5 \longrightarrow & CH^2O.COAz.C^6H^5 \\
& \longleftarrow & \longleftarrow \quad CO
\end{array}
$$

J'ai encore confirmé ces résultats de la manière suivante. On montrera plus loin (p. 32) que lorsqu'on fait réagir le carbanile sur l'acide glycolique libre, on obtient, par suite de l'action simultanée de cet agent sur la fonction alcool et la fonction acide, la phényluréthane de la glycolanilide, c'est-à-dire le composé :

$$
\underset{\displaystyle CO.AzH.C^6H^5}{|}CH^2O.COAzH.C^6H^5
$$

Si l'acide II a bien la constitution figurée dans la schéma ci-dessus, c'est-à-dire s'il est réellement la phényluréthane de l'acide glycolique, il devra en présence de l'isocyanate de phényle se transformer en la phényluréthane de la glycolanilide. C'est ce que l'expérience vérifie (voy. p. 35).

Enfin la glycolanilide elle-même, sous l'action de l'isocyanate de phényle, devra donner encore ce même composé. L'expérience vérifie également cette dernière hypothèse (voy. p. 36). Les formules suivantes résument ces trois modes de formation de la phényluréthane de la glycolanilide :

$$\begin{array}{c} CH^2OH \\ | \\ CO.OH \end{array} \quad \xrightarrow{COAzC^6H^5} \quad \begin{array}{c} CH^2O.CO\,AzH.C^6H^5 \\ | \\ CO.AzH.C^6H^5 \end{array}$$

$$\begin{array}{c} CH^2O.COAzH.C^6H^5 \\ | \\ CO.OH \end{array} \quad \xrightarrow{COAzC^6H^5} \quad \begin{array}{c} CH^2O.CO\,AzH.C^6H^5 \\ | \\ CO.AzH.C^6H^5 \end{array}$$

$$\begin{array}{c} CH^2OH \\ | \\ CO.AzH.C^6H^5 \end{array} \quad \xrightarrow{COAzC^6H^5} \quad \begin{array}{c} CH^2O.COAzH.C^6H^5 \\ | \\ CO.AzH.C^6H^5 \end{array}$$

L'acide obtenu par la saponification de la phényluré-thane de l'éther glycolique est donc bien indentique à celui que fournit l'anhydride par dissolution dans les alcalis et il représente bien la phényluréthane de l'acide glycolique.

§ II. — Acide glycolique.

Dans l'action de l'isocyanate de phényle sur l'acide glycolique, on peut prévoir théoriquement la formation de quatre composés, dont on a donné les formules développées dans l'introduction de ce travail (p. 7) et qui sont : 1° La phényluréthane de l'acide ; 2° l'anhydride correspondant ; 3° la glycolanilide ; 4° la phényluréthane de la glycolanilide. En fait ce sont surtout l'anhydride et la phényluréthane de la glycolanilide qui prennent naissance.

Tous ces corps ont déjà été étudiés dans ce qui précède, sauf le dernier. On le décrira ci-après en même temps qu'on étudiera dans son ensemble la réaction qui lui donne naissance.

Phényluréthane de la glycolanilide,

$$CH^2 O . CO \, Az \, H . C^6 H^5$$
$$| \qquad\qquad = \; C^{15} H^{14} Az^2 O^3.$$
$$CO . Az \, H . C^6 H^5$$

— On chauffe au bain-marie, dans un ballon muni d'un tube condenseur, 15^{gr} d'acide glycolique bien desséché avec 37^{gr} d'isocyanate de phényle, soit donc une molécule d'acide pour deux molécules de carbanile. Sitôt que la température atteint $40°\text{-}50°$, le dégagement d'acide carbonique commence, et il faut se tenir prêt à refroidir le ballon pour éviter une action trop vive et un entraînement de carbanile par le gaz carbonique. Finalement le contenu du ballon se transforme en une masse cristalline blanche qui, après deux heures de chauffe, perd toute odeur de carbanile.

On épuise d'abord par de l'eau tiède qui enlève une très petite quantité d'anilide glycolique, puis par de l'eau bouillante qui fournit, en une série de jets, environ 15^{gr} d'un corps cristallisé en aiguilles, fondant à $126°$ et qui est la lactame $C^9 H^7 AzO^3$ déjà décrite précédemment. Ce corps n'est pas produit par l'action de l'eau bouillante sur la phényluréthane de l'acide. On constate, à la vérité, que la masse primitive obtenue a une réaction acide, pouvant provenir d'ailleurs d'un peu d'acide glycolique non transformé, mais elle ne fait pas effervescence avec la solution de carbonate de sodium, et ne cède à ce liquide aucun acide précipitable par l'acide chlorhydrique. On doit donc conclure de là que la phényluréthane de l'acide glycolique, une fois formée, s'est déshydratée soit sous l'action de la chaleur, soit sous l'action de l'isocyanate de phényle lui-même. Et de fait, bien que l'acide glycolique employé ait été parfaitement desséché, on a trouvé parmi les produits de la réaction environ 3^{gr} de diphénylurée, résultant évidemment du conflit du carbanile avec une certaine quantitée d'eau formée pendant la réaction.

En continuant les épuisements par l'eau bouillante, on constate à un moment donné que les rendements diminuent brusquement et changent d'aspect. Ils ne sont plus en aiguilles isolées, mais se détachent du filtre sous la forme d'un feutrage léger, d'aspect soyeux. Chaque litre d'eau bouillante fournit par refroidissement environ 1^{gr} de ce produit. On en réunit en tout 8^{gr} que l'on purifie par recristallisattion dans l'alcool à 45 p. 100. Le reste de la masse est constitué par de la diphénylurée.

Ce corps est la *phényluréthane de la glycolanilide* Il a donné à l'analyse les résultats suivants :

Combustion

	I	II	
	gr	gr	
Matière...........	0,1818	0,1985	
Acide carbonique..	0,4482	0,4879	Calculé pour
Eau	0,0882	0,0844	$C^{15}H^{14}Az^2O^3$
C p. 100..........	67,23	67,03	66,67
H p. 100	5,39	4,73	5,18

Dosage de l'azote

	I	II	
Matière...........	0^{gr},3215	0^{gr},2092	
Ac. sulf. N/4 neutr.	9^{cc},6	8^{cc},9	
Az p. 100.........	10,47	10,41	10,37

Ce corps fond à 145° - 147° Il est à peu près insoluble dans l'eau froide, peu soluble dans l'eau bouillante. Il est très soluble dans l'alcool chaud qui l'abandonne en aiguilles microscopiques capillaires, longues et flexueuses, ou en prismes aiguillés. Il est assez soluble aussi dans le benzène bouillant, d'où il cristallise en aiguilles capillaires associées en gerbes, moins soluble dans l'éther, le chloroforme, très peu soluble dans l'éther de pétrole.

Lorsqu'on chauffe ce corps au dessus de son point de fusion, il se dédouble avec formation d'aniline et de la lactame correspondante, conformément à l'équation :

$$CH^2O.COAzH.C^6H^5 \atop CO.AzH.C^6H^5 \quad = \quad C^6H^5AzH^2 \quad + \quad {CH^2O.COAz.C^6H^5 \atop CO} $$

La transformation en question s'effectue le plus aisément lorsqu'on chauffe le corps par petites portions dans un tube à essais, à feu nu, et en maintenant le liquide en ébullition tranquille pendant au moins cinq minutes. La masse jaunit un peu, en même temps que la lactame formée se sublime partiellement en petites aiguilles. La masse refroidie est triturée avec de l'eau aiguisée d'acide chorhydrique, laquelle dissout l'aniline formée. Par évaporation de ce liquide aqueux, on obtient un résidu salin qui traité par le carbonate de sodium et l'éther, abandonne à ce dernier un peu d'une huile rougeâtre présentant toutes les réactions de l'aniline. Elle donne avec l'acide sulfurique un précipité instantané de sulfate, cristallisé en aiguilles ; sa solution aqueuse est colorée en violet par le chlorure de chaux ; dissoute dans l'acide azotique et diazotée par un peu de nitrite de sodium, elle donne une solution qui se décompose à chaud avec effervescence et avec une forte odeur de nitrophénol.

La masse restante est épuisée par l'eau bouillante, qui abandonne, par refroidissement, des aiguilles fusibles à 126°, insolubles dans la solution de carbonate de sodium à froid, mais solubles à chaud. Dans cette dissolution refroidie et limpide, l'acide chlorhydrique produit un précipité en tablettes microscopiques, carrées ou quadrangulaires, ou en larges prismes aplatis, et présentant l'aspect caractéristique de la phényluréthane de l'acide glycolique, précipitée de ses sels par addition ménagée d'un acide.

On peut rapprocher cette réaction de celles qu'ont observées MM. Lellmann et Würthner [1] dans les conditions suivantes.

Lorsqu'on traite certaines diamines ou des aminophénols par le carbanile, on obtient des produits d'addition tels que :

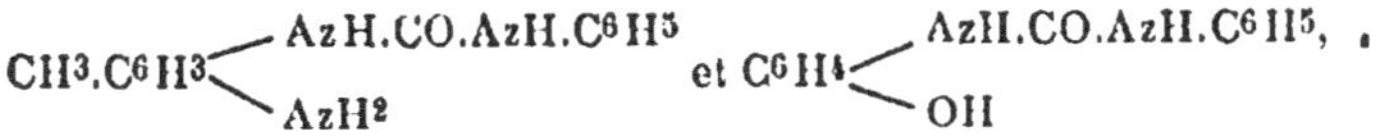

$$CH^3.C^6H^3\begin{cases} AzH.CO.AzH.C^6H^5 \\ AzH^2 \end{cases} \quad \text{et } C^6H^4\begin{cases} AzH.CO.AzH.C^6H^5, \\ OH \end{cases}$$

qui, chauffés au dessus de leur point de fusion, perdent facilement de l'aniline pour donner respectivement les deux corps à chaîne fermée :

$$\begin{array}{c} CH^3-C^6H^3-AzH.CO \\ | \qquad\qquad | \\ AzH \underline{\qquad\qquad} \end{array} \qquad \begin{array}{c} C^6H^4-AzH.CO \\ | \qquad\quad | \\ O \underline{\qquad\quad} \end{array}$$

De même MM. Paal et Weil [2] en ajoutant du carbanile à l'o-amido-benzylaniline, ont obtenu un produit d'addition qui, maintenu pendant quelques instants au-dessus de son point de fusion, perd de l'aniline et se transforme en une quinazoline :

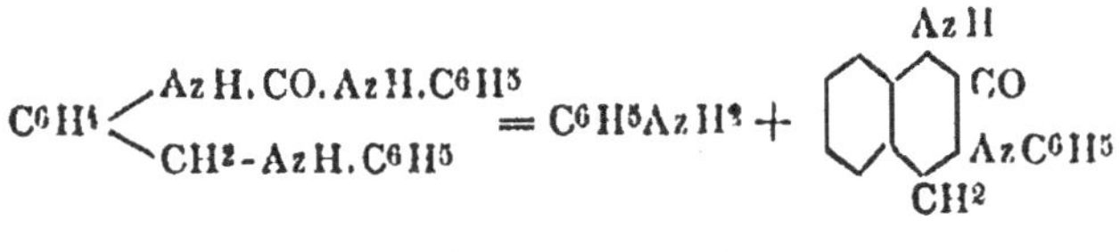

$$C^6H^4\begin{cases} AzH.CO.AzH.C^6H^5 \\ CH^2-AzH.C^6H^5 \end{cases} = C^6H^5AzH^2 + \begin{array}{c} AzH \\ \diagup\diagdown \; CO \\ | \quad | \\ \diagdown\diagup \; AzC^6H^5 \\ CH^2 \end{array}$$

On pourrait multiplier ces exemples.

J'ai vérifié la formule attribuée ci-dessus au corps $C^{15}H^{14}Az^2O^3$ en le préparant par l'action de l'isocyanate de phényle sur la phényluréthane de l'acide glycolique.

(1) LELLMANN et WÜRTHNER, Liebig's Ann, t. 228, p. 100.
(2) PAAL ET WEIL, D. ch. G., t. 27, p. 34.

L'action du carbanile pouvait s'exercer ici dans deux sens différents. Il fallait prévoir non seulement la réaction sur le groupe carboxylique avec formation de l'anilide, mais encore l'action de déshydratation, signalée par M. Haller, avec production de la lactame correspondante. Ces deux corps se forment effectivement, lorsqu'on chauffe au bain-marie, molécule à molécule, l'isocyanate et la phényluréthane de l'acide glycolique. Le dégagement d'acide carbonique commence dès 60° et est achevé au bout d'une heure environ, pour 5 ^{gr} d'acide et 3 ^{gr} de carbanile. Il persiste encore une légère odeur d'isocyanate.

Après avoir constaté que la masse, titurée avec une solution froide de carbonate de sodium, ne cède à ce liquide que des quantités insignifiantes d'acide non entré en réaction, on épuise par l'eau bouillante qui enlève un corps cristallisé en aiguilles fusibles à 126° ; c'est l'anhydride (lactame) de l'acide employé. Puis les rendements fournis par l'eau bouillante baissent tout à coup et l'on voit apparaître les fines aiguilles, associées en un feutrage léger, caractéristiques de la phényluréthane de l'anilide. On en obtient 3 ^{gr} en tout. Le reste est constitué par 1 ^{gr},6 de diphénylurée. Il est très difficile de séparer entièrement ces deux corps. La phényluréthane de l'anilide reste mêlée d'un peu de diphénylurée, ainsi que le démontre le dosage de l'azote :

Dosage de l'azote

Matière..............	0^{gr},2551	Calculé pour
Acide sulf. N/4 neutr..	7^{cc},85	$C^{15}H^{14}Az^2O^3$
Az p. 100..............	10,76	10,37

Enfin l'action de l'isocyanate de phényle sur la glycolanilide donne encore naissance à ce même composé. L'opération est très simple. Cinq grammes de glycolanilide, préparée d'après le procédé de MM. Norton et

Tscherniak [1] par action de l'aniline sur le glycolide, sont chauffés au bain-marie avec la quantité équimoléculaire (3^{gr},80) d'isocyanate de phényle. Le mélange, d'abord liquide à chaud, se prend en une masse cristalline au bout d'une heure. On chauffe encore pendant deux heures, puis on reprend la masse par de l'alcool bouillant à 30 p. 100. Par refroidissement, on obtient les aiguilles feutrées caractéristiques décrites plus haut. Elles fondent à 145°-147° et donnent à l'analyse les résultats suivants :

Dosage de l'azote

	I	II	
Matière..........	0^{gr},3078	0^{gr},3242	Calculé pour
Ac. sulf. N/4 neutr.	9^{cc},30	9^{cc},75	$C^{15}H^{14}Az^2O^3$
Az p 100..........	10,57	10,52	10,37

Les formules qui résument ces trois modes de formation de la phényluréthane de la glycolanilide ont été données p. 31.

II.

ACTION DE L'ISOCYANATE DE PHÉNYLE SUR LE LACTATE D'ÉTHYLE ET SUR L'ACIDE LACTIQUE.

§ I. — **Ether lactique.**

1° *Phényluréthane de l'éther lactique,*

$$\begin{array}{l} CH^3 \cdot CHO.CO\,Az\,H.C^6H^5 \\ \quad | \\ CO.OC^2H^5 \end{array} = C^{12}H^{15}AzO^4.$$

— On chauffe au bain d'huile, à 160-180°, 10^{gr} d'éther lactique additionnés d'un poids égal d'isocyanate de phényle. Au bout d'une vingtaine de minutes environ,

---

[1] Norton et Tscherniak, *Bull. Soc. chim.*, t. 30, p. 104.

l'odeur du carbanile a complètement disparu. L'huile rouge brun obtenue est dissoute dans un mélange à parties égales d'éther et d'éther de pétrole lequel produit un précipité de diphénylurée d'autant plus abondant, à partir d'une certaine limite, que l'on a chauffé plus longtemps. On filtre après 24 heures, on chasse le dissolvant et on épuise plusieurs fois avec de l'éther de pétrole chaud, qui enlève, avec un peu du produit formé, le lactate d'éthyle non atteint que le liquide pourrait contenir encore. Il reste finalement une huile rougeâtre, que l'on ne peut ni amener à cristallisation, ni distiller parce qu'elle se décompose avec production de grandes quantités de diphénylurée.

On peut obtenir aussi ce même produit en chauffant le mélange des deux corps au bain-marie, mais pendant plusieurs heures.

Combustion

	I	II	
	gr	gr	
Matière.........	0,2479	0,2902	
Acide carbonique	0,5488	0,6477	Calculé pour
Eau.......	0,1376	0,1666	$C^{12}H^{15}AzO^{4}$
C p. 100.........	60,37	60,86	60,76
H p. 100.........	6,16	6,37	6,33

Dosage de l'azote

	I	II	
Matière.........	0gr,6548	0gr,4816	
Volume d'azote..	33cc,5	24cc,4	
Température.....	22°	18°	
Pression.........	763mm,5	764mm	
Az p. 100.........	5,77	5,84	5,91

Cette huile est insoluble dans l'eau, peu soluble dans l'éther de pétrole, soluble dans l'alcool, dans l'éther, dans le mélange d'éther et d'éther de pétrole. Bouillie avec de l'eau elle fournit par refroidissement la lactame correspondante en cristaux aiguillés (voy. p. 45). Traitée à froid par un égal volume de soude à 12-15 p. 100 environ, elle se prend au bout d'une vingtaine de minutes en une masse cristalline jaunâtre qui représente la phényluréthane du lactate de sodium (voy. p. 42).

Ce produit de condensation a déjà été obtenu par M. Travers, qui, sans essayer d'isoler le composé, l'a traité directement par l'acide chlorhydrique aqueux à 100°. Il a obtenu ainsi la lactame décrite plus loin, et à l'aide de laquelle il a préparé l'acide correspondant (voy. p. 26 et 49).

2° *Phényluréthane de l'acide lactique,*

$$CH^3 - CHO.COAzH.C^6H^5 \atop \underset{\displaystyle CO.OH}{|} = C^{10}H^{11}AzO^4.$$

— Dix grammes de cette huile sont mis à bouillir avec la quantité de soude normale théoriquement nécessaire à la saponification, soit 42^{cc}. Après un quart d'heure d'ébullition, la dissolution de l'huile est complète, à part quelques gouttes noirâtres surnageant le liquide. Par refroidissement il se précipite quelques grumeaux, peu abondants, et qui se présentent au microscope comme formés de petits prismes (sans doute de la diphénylurée) empâtés dans une gangue visqueuse. On filtre, on ajoute un peu plus que la quantité correspondante d'acide chlorhydrique normal et on épuise par l'éther. L'éther, lavé avec un peu d'eau, abandonne par évaporation 7^{gr} d'un acide déjà assez pur, soit environ 80 p. 100 de la quantité théorique. On achève la purification du produit par des recristallisation successives dans le chloroforme, qui l'abandonne en aiguilles microscopiques fusibles à 142° avec un bouillonnement visible.

Combustion

	I	II	
	gr	gr	
Matière..........	0,2672	0,1986	
Acide carbonique..	0,5578	0,4174	Calculé pour
Eau..............	0,1292	0,0922	$C^{10}H^{11}AzO^4$
C p 100..........	56,94	57,31	57,41
H p.100..........	5,37	5,15	5,26

Dosage de l'azote

Matière................	0gr,3822	
Volume d'azote	24cc,2	
Température...........	23°	
Pression	762mm,2	
Az p. 100..............	7,09	6,70

Détermination de l'acidité

Matière...........................	0gr,4682
Soude N/10 employée	22cc,4
Soude calculée pour $C^{10}H^{10}AzO^4Na$.	22cc,4

Ce corps est très peu soluble dans l'eau froide, plus soluble dans l'eau bouillante, mais avec transformation partielle dans la lactame ou anhydride interne correspondant, qui sera étudié plus loin. Il est très soluble dans l'alcool et l'éther. L'eau le reprécipite de sa dissolution alcoolique en prismes microscopiques. Il est assez soluble dans l'alcool aqueux (à 45 p. 100), dans lequel on peut le faire recristalliser à chaud, sans crainte de le transformer sensiblement en anhydride. Il est peu soluble dans l'éther de pétrole, dans le chloroforme et dans le benzène.

Lorsqu'il fond à 142°, il bouillonne, perd de l'eau et se transforme en son anhydride, lequel se sublime activement vers 150° en belles aiguilles.

Il se déshydrate pareillement au sein de l'eau bouillante. On reviendra sur cette transformation à propos de l'étude de l'anhydride.

A 150-160° en tube scellé, l'action de l'eau est plus profonde et l'on observe ici le même dédoublement que pour la phényluréthane de l'acide glycolique.

On a chauffé pendant cinq heures en tube scellé, à 150-160°, 4gr,40 de l'acide en question et 88cc d'eau (solution à 5 p. 100). Après refroidissement, on retrouve un liquide limpide, rouge framboise. A l'ouverture du tube, on constate une assez forte pression d'acide carbonique. Le liquide, encore fortement acide, exige pour sa neutralisation une quantité de soude correspondant à 42,8 0/0 de la quantité d'acide employée. On épuise ce liquide neutre par de l'éther qui abandonne une huile rouge foncé. On dissout cette huile dans l'eau bouillante, on décolore le liquide par du noir animal et on abandonne le filtrat dans le vide au-dessus de l'acide sulfurique. Il se dépose par concentration de très jolis cristaux brillants de 1 à 2 millimètres de long et présentant la composition et les propriétés de la *lactanilide*.

Le liquide restant, acidifié par un acide minéral, abandonne à l'éther un mélange d'un peu de phényluréthane de l'acide lactique non atteint et d'un acide sirupeux, qui est sans doute de l'acide lactique. D'ailleurs, les eaux mères de la lactanilide donnent les réactions colorées de l'aniline. On a donc eu, comme pour la phényluréthane de l'acide glycolique, la réaction de dédoublement que voici :

$$\cdot \; \underset{\text{CO.OH}}{\overset{\text{CH}^3.\text{CHO.COAzH.C}^6\text{H}^5}{|}} = \text{CO}^2 + \underset{\text{CO.AzH.C}^6\text{H}^5,}{\overset{\text{CH}^3.\text{CH OH}}{|}}$$

la lactinilide formée se décomposant en outre partiellement en acide lactique et en aniline.

Ce dédoublement complet, en acide lactique, aniline et acide carbonique a été observé par M. Travers dans l'action de la soude concentrée sur la phényluréthane de l'acide lactique. Je l'ai observé pareillement pour la phényluréthane de l'acide glycolique.

3° *Sels de la phényluréthane de l'acide lactique.* — J'ai préparé pour cet acide les sels de sodium, de baryum et d'argent.

Le *sel de sodium,* $C^{10}H^{10}AzO^4Na$, a été obtenu d'abord en traitant à froid, par de la soude concentrée, la phényluréthane de l'éther lactique. Le mélange se prend rapidement en une masse cristallisée, qui, traitée à chaud par l'alcool absolu, fournit par refroidissement du véhicule des prismes allongés microscopiques, très solubles dans l'eau froide, beaucoup moins solubles dans l'alcool absolu chaud. L'acide correspondant à ce sel étant de toute cette série le premier en date que j'aie obtenu, j'ai fait l'analyse complète de ce sel.

Combustion

	gr		
Matière	0,2975		
Acide carbonique......	0,5624		Calculé pour
Eau	0,1162		$C^{10}H^{10}AzO^4Na$
C p. 100.............	51,56		51,95
H p. 100.............	4,34		4,33

Dosage de l'azote

Matière................	0gr,3740	
Volume d'azote	20cc,4	
Température..........	25°	
Pression.............	762mm	
Az pour 100	6,05	6,06

Dosage du sodium

	gr	
Matière	0,5932	
SO⁴ Na²	0,1813	
Na p. 100	9,90	9,96

Ce sel, recristallisé dans l'eau, puis séché à l'air pendant deux ou trois jours, paraît retenir 2 1/2 molécules d'eau, encore que je ne sois pas arrivé, à cet égard, à des résultats tout à fait satisfaisants, comme le montrent les analyses suivantes.

Dosage de l'eau

	I	II	Calculé pour
	gr	gr	
Matière séchée à l'air .	0,4864	0,2222	$C^{10}H^{10}AzO^3Na$
Perte à 120°	0,0766	0,0354	$+ 2,5 H^2O$
Eau p. 100	15,75	15,94	16,31

Le dosage du sodium dans ces deux échantillons ainsi desséchés a donné :

Dosage du sodium

	I	II
	gr	gr
Matière séchée à 120°..	0,4088	0,1868
SO^4Na^2	0,1202	0,0552
Na p. 100	9,52	9,57

La théorie pour le sel anhydre étant de 9,96, on en conclut que la dessication n'est pas complète à 120°. On pousse alors jusqu'à 130°, mais à cette température la substance subit une sorte de demi-fusion ; elle se ramasse en croûte dure, et les résultats de l'analyse témoignent d'un commencement de décomposition.

Dosage de l'eau

Matière desséchée à l'air..	0,4788
Perte à 130°	0,0798
Eau p. 100	16,66

Dosage du sodium

Matière desséchée à 130°..	0,3877
SO^4Na^2	0,1235
Na p. 100	10,31

Le *sel de baryum* est obtenu aisément en précipitant la solution aqueuse du sel de sodium par la quantité calculée d'azotate de baryum. Ce sont des prismes microscopiques allongés que l'on fait recristalliser de l'eau bouillante. Séché a l'air pendant plusieurs jours, ce sel paraît retenir de l'eau de cristallisation. Néanmoins à l'étuve à 112° il ne perd que 0,25 p. 100 de son poids et le dosage de baryum donne alors :

Dosage du baryum

	I	II	
	gr	gr	
Sel séché à 112°....	0,6914	0,5502	Calculé pour
SO⁴ Ba............	0,2784	0,2216	$(C^{10}H^{10}AzO^4)^2Ba$
Ba p. 100.........	23,67	23,68	24,77

On pousse alors la dessication, sur deux échantillons, respectivement à 120 et à 130°. La perte de poids est alors de 10,79 et de 19,02 p. 100. Mais le dosage du baryum dans le sel ainsi desséché donne 26,80 et 29,18 p. 100 de métal. La décomposition est donc manifeste.

Ainsi à 112° le sel retient encore une quantité d'eau qu'on peut évaluer d'après le dosage du baryum a environ 4 p. 100 et à 120°, plus encore à 130°, il est manifestement décomposé.

Le *sel d'argent* a été obtenu aussi par double décomposition. On le purifie par recristallisation dans l'eau bouillante. Ce sont de petits prismes microscopiques associés en têtes de chardons. Séché à l'air ce sel retient des quantités d'eau qui varient de 1 à 2 p. 100, tandis que le calcul donne pour le sel à une molécule d'eau 5,88 p. 100. Séché à 112°, ce sel a donné à l'analyse les résultats suivants :

Dosage de l'azote

Matière	0gr,3451	Calculé pour
Acide sulfurique N/4 neutralisé.	3cc,0	$C^{10}H^{10}AzO^4Ag$
Az p. 100....................	4,28	4,43

Dosage de l'argent

	I	II	
	gr	gr	
Matière.............	0,5105	0,4544	
Ag.................	0,1749	0,1540	Calculé
Ag p. 100...........	34,26	33,89	34,17

Ce sel est assez stable à l'air. Il ne noircit que lentement à la lumière. Chauffé avec de l'iodure d'éthyle, il régénère, comme on le verra plus loin, la phényluréthane du lactate d'éthyle.

4° *Lactame dérivée de la phényluréthane de l'acide lactique*,

$$\begin{array}{c} CH^3\text{-}CHO.CO\,AzC^6H^5 \\ \mid \quad \diagup \\ CO \end{array} = C^{10}H^9AzO^3,$$

αμ-Dicéto-β-méthyl-γ-phényloxazolidine.

— On l'obtient, comme la lactame dérivée de l'acide glycolique, en faisant bouillir avec de l'eau l'acide correspondant, ou plus simplement en partant directement de la phényluréthane de l'éther lactique, que l'on saponifie également par l'eau bouillante. La lactame se forme dans le premier cas par départ d'eau, dans le second par départ d'alcool.

$$\begin{array}{c} CH^3 \\ \mid \\ CHO.CO\,AzH.C^6H^5 \\ \mid \\ CO.OH \end{array} = H^2O + \begin{array}{c} CH^3 \\ \mid \\ CHO.CO\,Az.C^6H^5 \\ \mid \quad \diagup \\ CO \end{array}$$

$$\begin{array}{c} CH^3 \\ \mid \\ CHO.CO\,AzH.C^6H^5 \\ \mid \\ CO.OC^2H^5 \end{array} = C^2H^6O + \begin{array}{c} CH^3 \\ \mid \\ CHO.CO\,Az.C^6H^5 \\ \mid \quad \diagup \\ CO \end{array}$$

Avec l'éther les rendements sont très bons. L'huile disparaît peu à peu et par refroidissement, il se précipite des aiguilles microscopiques, fusibles à 142°, qui représentent la lactame cherchée.

Cette dernière réaction peut être rapprochée de celle qu'à décrite M. Stewart [1] pour le produit d'addition de l'acide anthranilique avec le carbanile. Lorsqu'on éthérifie ce composé, on obtient comme produit accessoire, et sans doute par perte d'alcool, le composé que voici :

$$C^6 H^4 \diagdown \begin{array}{l} AzH.CO\,AzH,C^6H^5 \\ CO.OC^2H^5 \end{array} = C^2H^6O$$

$$+ \quad C^6H^4 \diagdown \begin{array}{l} Az\,H.CO\,Az.C^6H^5 \\ CO \end{array}$$

On peut aussi opérer la saponification en faisant bouillir la phényluréthane de l'éther avec de l'acide chlorydrique étendu ou concentré. C'est ainsi qu'a opéré M. Travers. Mais le rendement est beaucoup moins bon. La majeure partie du composé se décompose en aniline, acide lactique et acide carbonique.

Combustion

	gr		
Matière.....................	0,2254		
Acide carbonique.........	0,5172	Calculé pour	
Eau......................	0,0974	$C^{10}H^9AzO^3$	
C p. 100.................	62,57	62,82	
H p. 100.................	4,80	4,71	

Dosage de l'azote

Matière.................	0gr,3005	
Volume d'azote...........	19cc,6	
Température.............	15°	
Pression................	755mm	
Az p. 100...............	7.53	7.33

(1). Stewart, D. ch. G., t. 27, Ref. p. 392.

Cette lactame ayant été obtenue au début du présent travail, et à un moment où la constitution de ces corps m'était encore inconnue, j'en ai déterminé le poids moléculaire par la cryoscopie.

Le solvant employé était l'acide acétique.

Concentration.............. 1,211 °/,
Abaissement............... 0°,245
Poids moléculaire trouvé.... 193
  «   «   calculé.... 191

Ce corps est cristallisé en aiguilles microscopiques, fusibles à 142° ou en petits prismes pouvant atteindre 1 à 2 millimètres de long, lorsqu'ils se forment lentement. Il est très peu soluble dans l'eau froide, plus soluble dans l'eau bouillante, mais avec retransformation partielle dans l'acide correspondant. Il est peu soluble dans l'alcool froid, plus soluble dans l'alcool bouillant, peu soluble dans l'éther, soluble dans l'acide acétique glacial.

Il est neutre au papier de tournesol. Une solution concentrée de carbonate de sodium ne le dissout que lentement à froid, plus rapidement à l'ébullition. Il est facilement dissous par les alcalis caustiques avec formation dans les deux cas du sel de sodium correspondant.

La transformation de la phényluréthane de l'acide lactique en sa lactame est une réaction limitée, analogue à celle que l'on a étudiée plus haut pour le composé glycolique correspondant. Lorsqu'on fait bouillir l'anhydride avec de l'eau pendant quelques minutes, le liquide neutre au début devient rapidement acide. Cette hydratation s'accomplit aussi à la température ordinaire, mais beaucoup plus lentement.

Il en va de même inversement pour la déshydratation de l'acide. J'ai mis en contact avec 500cc d'eau distillée froide 2gr de la phényluréthane de l'acide lactique, finement pulvérisés. La majeure partie du produit, très peu soluble dans l'eau, s'est déposée sous la forme d'une poudre d'aspect amorphe. Puis au bout d'une dizaine de jours le flacon s'est tapissé de petits cristaux prismatiques, et après quelques semaines, la masse entière du dépôt avait subi la même transformation. Ces cristaux, qui sont la lactame correspondante, pesaient en tout 1ᵉʳ,65, représentant 1ᵉʳ,805 d'acide.

On voit donc qu'ici la transformation a été presque totale, sans doute parce que l'anhydride formé, moins soluble, cristallise successivement et sort du champ de la réaction. De fait, une dissolution limpide d'acide renfermant 0,156 p. 100 d'acide a abandonné au bout de quelques jours des cristaux d'anhydride.

Lorsque par dissolution dans un alcali caustique ou carbonaté, on a transformé cet anhydride en son acide correspondant, et que l'on précipite ensuite ce dernier au moyen de l'acide chlorhydrique, on constate que le produit ainsi obtenu est identique à l'acide obtenu par la saponification de la phényluréthane de l'éther. On a déjà expliqué plus haut (p. 25) l'intérêt que présente cette comparaison.

J'ai considéré, en effet, cet acide comme étant la phényluréthane de l'acide lactique, tandis que M. Travers en fait l'acide lactylphénylcarbamique. Pour choisir entre ces deux formules, j'ai fait sur cet acide la même série d'essais que sur l'acide correspondant provenant de l'acide glycolique. On a vérifié d'abord l'identité des deux acides, l'un provenant de la saponification de la phényluréthane de l'éther, l'autre de la dissolution de l'anhydride dans les alcalis. Puis l'acide a été transformé en sel d'argent et éthérifié par l'iodure d'éthyle. On a obtenu ainsi un liquide huileux en tout semblable à la phényluréthane de l'éther lactique et donnant à l'analyse les résultats suivants :

Combustion

	gr	
Matière	0,2654	
Acide carbonique	0,5962	Calculé pour
Eau..................	0,1552	$C^{12}H^{15}AzO^4$
C p. 100	61,26	60,76
H p. 100	6,49	6,33

Dosage de l'azote

Matière..............	0gr,5471	
Volume d'azote	26cc,4	
Température..........	12°	
Pression	775,9	
Az p. 100.............	5,81	5,91

Cette démonstration n'a pas évidemment la même valeur que l'opération analogue faite pour le composé glycolique correspondant, pour lequel le produit cherché, la phényluréthane de l'éther, est un corps cristallisé, bien défini, et non pas un corps huileux comme dans le cas présent. Je me suis donc efforcé de compléter cette démonstration en établissant que le produit de l'action de l'isocyanate de phényle sur l'acide en question est identique au corps que l'on obtient en traitant la lactanilide par l'isocyanate, identique aussi à celui qui résulte de l'action du carbanile sur l'acide lactique. Cette démonstration, calquée sur celle qui a été donnée pour la phényluréthane de l'acide glycolique, peut être résumée par des schémas analogues (voir p. 31). Le détail des opérations sera exposé dans le paragraphe suivant.

§ II. — Acide lactique.

En faisant réagir le carbanile sur l'acide lactique, M. Travers a obtenu une masse cristallisée dans laquelle il n'a pu caractériser d'abord que la diphénylurée, mais qui chauffée à 150° fournit un sublimé cristallisé, fusible à 141° et soluble dans l'ammoniaque aqueuse. De cette solution l'acide chlorhydrique précipite un acide qui, à 147°, perd de l'eau et régénère le corps fusible à 141°. Ces deux corps se comportent donc l'un vis à vis de l'autre comme un anhydride et l'acide correspondant. Revenant ensuite à la masse cristallisée obtenue, M. Travers l'a épuisée par de l'ammoniaque aqueuse, et il en a isolé ainsi, sous la forme du sel ammoniacal correspondant, l'anhydride qu'elle contenait à côté de la diphénylurée.

C'est armé de ces renseignements que M. Travers, passant à l'étude du produit d'addition du carbanile avec l'éther lactique, a isolé une seconde fois la lactame décrite plus haut, et l'acide correspondant.

J'ai repris l'étude de l'action du carbanile sur l'acide lactique, principalement dans l'intention de trouver la phényluréthane de la lactanilide qui, théoriquement, doit résulter de l'action simultanée de l'isocyanate sur la fonction alcool et sur la fonction acide.

Phényluréthane de la lactanilide,

$$CH^3 - CHO.CO\,Az\,H.C^6H^5$$
$$\underset{CO.Az\,H.C^6H^5}{|} = . C^{16}H^{16}Az^2O^3.$$

— On a chauffé au bain-marie, pendant cinq heures, 20^{gr} d'acide lactique bien desséché avec 26^{gr} de carbanile, soit donc deux molécules pour une molécule d'acide. Le dégagement d'acide carbonique, d'abord très actif, traine ensuite et se prolonge longtemps, pendant que le mélange se prend peu à peu en une masse cristalline blanche.

Après refroidissement on épuise le produit encore acide par une solution froide de carbonate de sodium, mais le liquide alcalin, acidifié par l'acide chlorhydrique, ne cède à l'éther que quelques rares cristaux, perdus dans un peu d'une huile acide, soit donc probablement un peu

d'acide lactique et un peu de la phényluréthane correspondante.

On fait ensuite quelques épuisements à l'eau bouillante qui fournissent la lactame déjà décrite, fusible à 142°
et qu'on achève de déterminer par un dosage d'azote
(Trouvé : 7,38 ; calculé : 7,33 p. 100). Mais cet épuisement
par l'eau étant très laborieux à cause de la médiocre solubilité du produit, on passe, à l'exemple de M. Travers, au
traitement par l'ammoniaque aqueuse et chaude, laquelle
enlève le restant de l'anhydride sous la forme du sel
ammoniacal correspondant.

La masse restante est un mélange de diphénylurée et
d'un autre corps qui est la phényluréthane cherchée.
La séparation est très laborieuse. On y arrive par une
série d'épuisements à l'aide d'un mélange à partie
égales d'éther et d'éther de pétrole, qui dissout de
petites quantités du corps en question, accompagnées
malheureusement d'un peu de diphénylurée, laquelle
n'est pas entièrement insoluble dans le mélange en
question, surtout en présence de substances étrangères.
L'emploi de l'eau bouillante conduit au même résultat,
et présente le même inconvénient. Le produit ainsi
obtenu n'est pas tout à fait pur. Il fond à 155-156°,
mais la goutte obtenue est un peu trouble, et l'analyse
révèle la présence d'un fort excès d'azote. On améliore
un peu les résultats par des cristallisations répétées
dans l'alcool à 20-25 p. 100. Le dosage de l'azote donne
alors les résultats suivants :

Dosage de l'azote

	I	II	
Matière	0gr,3548	0gr,3328	Calculé pour
Ac. sulf. N/4 neutr.	10cc,3	9cc,6	$C^{16}H^{16}Az^2O^3$
Az p. 100..........	10,16	10,10	9,86

Devant cet insuccès partiel, on essaye de préparer
ce composé en traitant la phényluréthane de l'acide

lactique par l'isocyanate de phényle. La réaction se fait aisément en chauffant au bain-marie, dans un ballon muni d'un tube condenseur, le mélange des deux corps en quantité équi-moléculaire. Le dégagement d'acide carbonique, d'abord très vif, se ralentit peu à peu, et la masse cristalline obtenue par refroidissement, attaquée par la méthode que l'on vient de décrire, fournit successivement un peu d'anhydride, la phényluréthane de la lactanilide et de la diphénylurée, l'anhydride formée résultant sans doute de l'action déshydratante exercée par le carbanile sur la phényluréthane de l'acide employée.

La purification de la phényluréthane de la lactanilide obtenue est encore très laborieuse et est accompagnée de pertes considérables. Le corps cristallisé en aiguilles prismatiques allongées et très nettes, fond à 155-156°. Il donne cette fois, pour le dosage de l'azote des résultats un peu trop faibles.

Dosage de l'azote

	I	II
Matière	0gr,2264	0gr,2823
Acide sulfurique N/4 neutralisé	6cc,25	7cc,4
Az p. 100	9,66	9,62

Finalement on prépare encore ce composé par l'action de l'isocyanate sur la lactanilide bien sèche, molécule à molécule. Dix grammes de lactanilide bien desséchée sont chauffés au bain-marie pendant quelques heures avec 7 gr. de carbanile, soit un peu moins que la quantité équimoléculaire. Le tout se prend, même à chaud, en une masse compacte. On épuise ensuite par de l'alcool à 45 p. 100 bouillant, et l'on obtient ainsi un très beau produit, que l'on fait repasser encore par l'eau bouillante. Un litre d'eau fournit chaque fois par refroidissement environ 0gr,40 de produit. On fait finalement recristalliser dans l'alcool à 20 p. 100.

Combustion

	gr	
Matière.............	0,1210	
Acide carbonique.....	0,3011	Calculé pour
Eau.................	0,0649	$C^{16}H^{16}Az^2O^3$
C p. 100.............	67,86	67,60
H p. 100	5,95	5,63

Dosage de l'azote

	I	II	
Matière........... ..	0gr,2146	0gr,2796	
Ac. sulf. N/4 neutr.	6cc,05	7cc,8	
Az p. 100..........	9,83	9,76	9,86

Ce corps cristallise de l'alcool aqueux en fines aiguilles prismatiques, associées en amas légers et d'aspect laineux, fusibles à 155-156°, à peu près insolubles dans l'eau froide, un peu solubles dans l'eau bouillante, très solubles dans l'alcool bouillant, solubles aussi dans l'alcool aqueux chaud, peu solubles dans l'éther et dans le benzène, plus solubles dans le chloroforme.

Lorsqu'on chauffe ce corps au-dessus de son point de fusion, il perd de l'aniline et se transforme dans la lactame correspondante. On obtient le meilleur rendement en chauffant le composé, par portions de 2gr tout au plus, dans un tube à essai, à feu nu, et en maintenant la masse fondue en douce ébullition pendant cinq minutes au moins. Il se dégage pendant l'opération une forte odeur de phénylcarbylamine, mais le liquide jaunit à peine. La masse cristalline obtenue par refroidissement est d'abord épuisée par l'eau aiguisée d'acide chlorhydrique pour dissoudre l'aniline formée. Par évaporation de ce liquide aqueux, on obtient un résidu salin, qui, traité par un peu d'une solution de carbonate de sodium, puis par de l'éther, abandonne à ce dernier une huile rougeâtre présentant toutes les réactions de l'aniline (voy. p. 34).

La masse restante, lavée à l'eau froide, est épuisée par l'eau bouillante qui fournit une belle cristallisation de l'anhydride correspondant à la phenyluréthane de l'acide lactique. Ce corps fond à 142°, est neutre au papier et donne une solution acide sitôt qu'on le fait bouillir avec de l'eau ; enfin lorsqu'on le dissout à chaud dans la solution de carbonate de sodium et qu'on acidifie avec précaution la solution limpide refroidie, on précipite les cristaux caractéristiques de la phényluréthane de l'acide lactique.

La décomposition a donc eu lieu conformément à l'équation que voici :

$$\begin{array}{c} CH^3 \\ | \\ CHO.CO\,Az\,H.C^6H^5 \\ | \\ CO.Az\,H.C^6H^5 \end{array} = C^6H^5Az\,H^2 + \begin{array}{c} CH^3 \\ | \\ CHO.CO.Az.C^6H^5 \\ | \\ CO \diagup \end{array}$$

III.

ACTION DE L'ISOCYANATE DE PHÉNYLE SUR L'ÉTHER ET SUR L'ACIDE TRICHLOROLACTIQUE.

§ I. — Ether trichlorolactique.

1° *Phényluréthane de l'éther trichlorolactique,*

$$\begin{array}{c} C\,Cl^3.CHO.CO\,Az\,H.C^6H^5 \\ | \\ CO.OC^2H^5 \end{array} = C^{12}H^{12}Az\,Cl^3\,O^4$$

— On chauffe au bain d'huile, à 160-180° pendant 45 minutes un mélange d'une molécule d'éther (20^{gr}) avec une molécule (10^{gr},80) de carbanile. L'huile rougeâtre obtenue est lavée à l'éther de pétrole froid, qui abandonne par évaporation un peu d'une huile jaunâtre se prenant peu à peu en cristaux. L'analyse ayant montré que ces cristaux sont l'uréthane cherchée, on les rajoute à la masse restante, qui se prend rapidement en cristaux mamelonnés. Par recristallisation dans un mélange d'éther (1 p.) et d'éther de pétrole (4 p.), on obtient des aiguilles prismatiques microscopiques, fusibles à 57°,5.

Combustion

	I	II	
	gr	gr	
Matière	0,1938	0,3092	
Acide carbonique..	0,3011	0,4815	Calculé pour
Eau..............	0,0773	0,0999	$C^{12}H^{12}AzCl^3O^4$
C p. 100.........	42,36	42,47	42,30
H p. 100.........	4,43	3,59	3,52

Dosage de l'azote

	I	II	
Matière..........	0gr,3351	0gr,3864	
Volume d'azote ...	11cc,9	14cc,1	
Température......	13°	12°	
Pression.........	761mm	745mm,9	
Az p. 100........	4,17	4,21	4,11

Dosage du chlore

	I	II	
	gr	gr	
Matière..........	0,1820	0,1674	
Cl...............	0,05719	0,05200	
Cl p. 100........	31,42	31,06	31,28

Ce corps est un peu soluble dans l'eau chaude, insoluble dans l'eau froide, facilement soluble à froid dans l'alcool, l'éther, le benzène, le chloroforme, peu soluble dans l'éther de pétrole.

Cet éther m'a fourni un dérivé à chaîne fermée, analogue à celui qu'a donné l'éther lactique, et qui appartient non plus à la série trichlorolactique, mais à la série dichlorolactique.

1° *Lactame dérivée de la phényluréthane de l'éther trichlorolactique,*

$$CHCl^2.CHO.CO\,Az.C^6H^5 \atop |\quad\quad\quad\diagup \atop CO \diagdown \quad\quad = C^{10}H^7AzCl^2O^3,$$

α μ-Dicéto-β-dichlorométhyl-γ-phényloxazolidine.

— Cet anhydride interne est le premier que j'aie obtenu, et il se trouve que c'est celui qui se forme dans les conditions les plus compliquées, puisque la partie chlorée de la molécule se modifie en même temps que par saponification de l'éther le corps à chaîne fermée prend naissance.

Je l'ai obtenu en traitant par de la soude à 10 p. 100 environ la phényluréthane de l'éther, que l'on triture à froid avec la lessive alcaline, de manière à obtenir une purée très liquide. On peut aussi partir de la phényluréthane de l'éther encore à l'état huileux. Le tout s'échauffe sensiblement, puis se prend masse. Traitée par l'alcool bouillant, cette masse fournit, par refroidissement du véhicule, de fines aiguilles, fusibles à 202°, très légères et assemblées en un feutrage serré, tenace et très caractéristique. Le rendement est d'environ 50 p. 100 de l'éther employé.

Combustion

	I	II	
	gr	gr	Calculé pour
Matière...............	0,4745	0,3642	
Acide carbonique	0,8052	0,6241	$C^{10}H^7AzCl^2O^3$
Eau..................	0,0856	0,0670	
C p. 100..............	46,27	46,73	46,15
H p. 100..............	2,05	2,04	2,69

Dosage de l'azote

	I	II	
Matière	0gr,5568	0gr,5621	
Volume d'azote	26cc,4	27cc,4	
Température........	21°	21°	
Pression...........	765mm,9	766mm	Calculé
Az p. 100...........	5,40	5,55	5,38

Dosage du chlore

	I	II	
	gr	gr	
Matière............	0,1692	0,1370	
Cl.................	0,045617	0,037275	
Cl p. 100	26,96	27,09	27,31

Enfin l'examen cryoscopique a donné les résultats que voici :

Dans le benzène,

Concentrations	Abaissements	Poids moléculaires
0,5374 °/₀	0°,11	239
0,7414 —	0,15	242

Dans le phénol,

0,7584 °/₀	0°,24	233
1,1313 —	0,375	226

Ces résultats s'accordent bien avec la formule $C^{10}H^7AzCl^2O^3$, adoptée ci-dessus, laquelle correspond à un poids moléculaire de 260.

La transformation du groupe CCl^3 en $CHCl^2$ implique qu'il s'est produit des phénomènes de réduction. Aussi bien la réaction est complexe. Pendant l'action de la soude, on perçoit une forte odeur de phénylcarbylamine, ce qui suppose une réduction du groupe $COAz$.

D'ailleurs, dans un travail sur la transformation de l'éther trichlorolactique en acide tartronique sous l'action des lessives alcalines chaudes, M. Pinner[1] signale aussi

(1) PINNER, *D. ch. G.*, t. 18, p. 753 et 2852.

l'acide dichloracétique comme produit accessoire , et l'on verra dans un instant que par l'action de la soude sur la phényluréthane du nitrile trichlorolactique, il se produit de la dichlorocétanilide. Enfin, M. Pinner rapporte que les sels de l'acide trichlorolactique sont très instables et que le sel de soude chauffé avec de l'eau se décompose en anhydride carbonique, chlorure de sodium et dichloracétaldéhyde. On peut donc admettre pour l'anhydride en question une formule en $—$ CHCl^2 et non en $=$CCl^2, cette dernière étant d'ailleurs contredite par ce fait que le corps, mis en solution benzènique, ne manifeste aucune tendance à s'ajouter du brome.

J'envisage donc finalement ce corps, comme étant la lactame correspondant à la phényluréthane de l'acide dichlorolactique.

Dans le but de contrôler cette formule, j'ai étudié l'action de la soude sur *l'uréthane du nitrile trichlorolactique,*

$$CCl^3.CHO.COAzH. C^6H^5$$
$$|$$
$$CAz,$$

composé cristallisé, fusible à 115-116°, que l'on obtient par l'action du carbanile sur le cyanhydrate de chloral et dont j'ai décrit ailleurs la préparation et les propriétés [1].

Pour que la réaction marche bien, il faut agiter avec de la soude aqueuse à 8 p. 100 environ, une solution saturée à froid de la phényluréthane du nitrile dans un mélange à parties égales d'éther et d'éther de pétrole. Après quelques minutes, il se précipite à la limite de séparation des deux liquides un corps blanc, que l'on fait recristalliser dans un mélange d'éther et d'éther de pétrole. Le rendement est de 37 p. 100 environ.

Pendant l'opération, on perçoit une forte odeur de carbylamine. Ajoutons immédiatement que le liquide

---

(1) LAMBLING. *Bull. Soc. chim.* (3), t. **19**, p. 744.

aqueux alcalin abandonne, lorsqu'on l'acidifie par l'acide chlorhydrique, un corps en aiguilles fusibles à 118·, sur lequel je reviendrai plus loin.

Le corps ainsi obtenu cristallise du mélange d'éther et d'éther de pétrole en fines aiguilles microscopiques, formant des amas étoilés, fusibles à 152° et solubles dans l'alcool, l'éther, le chloroforme.

Combustion

	gr	gr	
Matière.........	0,2132	0,3151	
Acide carbonique.	0,3659	0,5386	Calculé pour
Eau.............	0,0482	0,0672	$C^{10}H^8Az^2Cl^2O^2$
C p. 100	46,80	46,61	46,33
H p. 100	2,51	2,37	3,08

Dosage de l'azote

Matière	0gr,1185	0gr,0992	
Volume d'azote...	11cc,3	9cc,5	
Température.....	15°	15,	
Pression........	771mm,1	750mm	
Az p. 100........	11,20	10,96	10,81

Dosage du chlore (Volhard)

	gr	
Matière...........	0,1409	
Cl...............	0,039338	
Cl p. 100	27,91	

Dosage du chore (Carius)

	gr	
Matière...........	0,2506	
Ag Cl.............	0,2812	
Cl p. 100..........	27,15	27,41

Enfin, une détermination cryoscopique avec le benzène comme solvant a donné :

Concentrations	Abaissements	Poids moléculaires
0,568 °/₀	0°,115	242
1,445 —	0°,28	253
2,306 —	0°,47	240

Tous ces résultats s'accordent bien avec la formule

$$CHCl^2\text{-}CHO.CO\,Az\,H.C^6H^5 \quad = \quad C^{10}H^8Az^2Cl^2O^2,$$
$$\underset{\displaystyle CAz}{|}$$

laquelle correspond à un poids moléculaire de 259.

Ils s'accorderaient tout aussi bien avec une formule renfermant $CCl^2=CO$, mais on peut écarter cette hypothèse pour les mêmes raisons que celles que l'on a produites plus haut.

On voit donc qu'en partant du nitrile, l'action de la soude à froid s'est portée uniquement sur le groupement CCl^3 et que l'on a obtenu le nitrile de l'acide

$$CHCl^2\text{-}CHO.CO.Az\,H\,C^6H^5,$$
$$\underset{\displaystyle CO.OH}{|}$$

dont le corps fusible à 202°, décrit plus haut, est la lactame.

La production de ce nitrile est accompagnée d'une réaction secondaire que j'ai sommairement annoncée plus haut et qui apporte une preuve de plus de la tendance qu'ont tous ces dérivés trichlorolactiques à passer à la série dichlorolactique.

J'ai dit plus haut que le liquide alcalin aqueux qui a agi sur la phényluréthane du nitrile trichlorolactique abandonne, lorsqu'on le neutralise, et même parfois spontanément, des cristaux aiguillés, en même temps qu'il se dégage de l'anhydride carbonique et une forte odeur prussique. Le rendement est d'environ 20 p. 100.

Ces cristaux, lavés à l'eau froide, puis recristallisés dans un mélange d'éther et d'éther de pétrole, fondent à 118°. Ils représentent la *dichloracétanilide*.

Combustion

	I	II	II	
	gr	gr	gr	
Matière..........	0,3144	0,3615	0,2766	
Acide carbonique.	0,5437	0,6244	0,4773	Calculé pour
Eau	0,1003	0,1149	0,0848	$C^8H^7AzCl^2O$
C p. 100	47.15	47,10	47,05	47,06
H p. 100	3,54	3,53	3,41	3,43

Dosage de l'azote

	I	II	
Matière........	0gr,3468	0gr,2878	
Volume d'azote	21cc,0	17cc,5	
Température...	13°	16°	
Pression	765mm,2	768mm,5	
Az p. 100......	7,16	7,11	6,86

Dosage du chlore

	gr	gr	
Matière........	0,1723	0,1838	
Cl.............	0,05964	0,0639	
Cl p. 100	34,01	34,76	34,80

Enfin, une détermination cryoscopique avec le benzène comme solvant, a donné :

Concentration	0,749 °/.
Abaissement.................	0°,18
Poids moléculaire trouvé.....	204
» » calculé	204

Ce corps a bien l'aspect et les propriétés que décrivent à la dichloracétanilide MM. Pinner et Fuchs [1], et notamment cette propriété de se dissoudre dans les alcalis et d'en être reprécipité par les acides.

La réaction de la soude sur la phényluréthane du nitrile trichlorolactique est donc complexe, et nous

---

(1) Pinner et Fuchs, *D. ch. G.*, t, **10,** p. 1062.

en retiendrons simplement ici que le produit principal en est le nitrile de l'acide dont le corps fusible à 202° est la lactame.

Il était indiqué d'opérer la saponification de ce nitrile, afin de passer à l'acide correspondant ou directement a l'anhydride correspondant.

J'ai opéré cette saponification en faisant bouillir $0^{gr},50$ du composé avec 4 à 5^{cc} d'acide sulfurique dilué (3 vol. d'acide et 2 vol. d'eau) pendant deux à trois heures. Par refroidissement, il se dépose des aiguilles qui, lavées à l'eau, séchées et recristallisées dans l'alcool bouillant, donnent la lactame que l'on vient de décrire, sous la forme d'un amas d'aiguilles fusibles à 202°, et formant le feutrage caractéristique décrit plus haut. On voit donc que la saponification de la fonction nitrile a conduit directement à la lactame correspondante, d'après l'équation :

$$\begin{array}{l} \text{CH Cl}^2 \\ | \\ \text{CHO.CO Az H.C}^6\text{H}^5 + \text{H}^2\text{O} = \end{array} \quad \begin{array}{l} \text{CH Cl}^2 \\ | \\ \text{CHO.CO Az.C}^6\text{H}^5 + \text{Az H}^3 \\ | \\ \text{CO} \end{array}$$

On peut aussi opérer d'un seul coup la saponification du groupe C Az et la transformation du groupe CCl^3 en $CHCl^2$, en chauffant la phényluréthane du nitrile trichlorolactique avec une quantité équimoléculaire de carbonate de sodium en solution aqueuse. La masse jaunit rapidement et change d'aspect. Après refroidissement on fait recristalliser dans l'alcool bouillant qui abandonne par refroidissement la lactame fusible à 202°.

On arrive au même résultat en chauffant en tube scellé à 150-160° pendant deux heures, 1^{gr} du même nitrile et 4^{cc} d'acide chlorhydrique concentré. On obtient ainsi un liquide brun surnageant une masse butyreuse, d'aspect cristallin et que l'on fait recristalliser dans l'alcool bouillant.

On voit finalement que la lactame dérivée de la phényluréthane de l'acide dichlorolactique représente un système très stable auquel on aboutit par des réactions très variées.

J'ai essayé, en faisant réagir l'eau à chaud sur la phényluréthane de l'éther trichlorolactique, d'obtenir la lactame correspondante à l'acide trichlorolactique. J'ai opéré tant à la pression ordinaire qu'en tube scellé à 140°. Mais de part et d'autre j'ai retrouvée intacte une grande partie du produit mis en œuvre, à côté d'une certaine quantité d'acide chlorhydrique devenu libre et de produits visqueux dont l'étude n'a rien donné de défini.

Si l'on remplace l'eau par un agent plus actif, si l'on chauffe par exemple en présence d'un peu de baryte, c'est aussitôt la lactame fusible à 202° qui prend naissance.

§ II. — Acide trichlorolactique.

Lorsqu'on chauffe au bain-marie un mélange en quantités équi-moléculaires de carbanile et d'acide trichlorolactique, il se fait aussitôt un actif dégagement d'anhydride carbonique, et promptement la réaction devient tumultueuse. La masse liquide se soulève, jaunit fortement en même temps que sa température s'élève spontanément de 20 à 30°. Il se dégage des fumées d'acide chlorhydrique, et lorsque la réaction est terminée, le tout se prend par refroidissement en une masse dure, à cassure résineuse, et dont il est impossible de tirer un produit défini.

Pour éviter cet accident, on dilue les matières dans un poids égal de benzène anhydre, on chauffe doucement à 80° environ, et on surveille le dégagement en faisant passer les gaz à travers une solution de nitrate d'argent acidifiée. Sitôt que cette solution commence à se troubler,

on ralentit la chauffe ou même on refroidit le ballon
à réaction, et on arrive ainsi à conduire l'opération
jusqu'à cessation du dégagement d'anhydride carbonique,
sans qu'il se soit produit des quantités sensibles d'acide
chlorhydrique.

Par refroidissement, il se fait une abondante cristallisation de diphénylurée, noyée dans une huile jaunâtre.
On étend la masse d'un mélange à parties égales d'éther
de pétrole et d'éther ordinaire, on attend quarante-huit
heures pour que la précipitation de la diphénylurée soit
complète, puis on filtre et on chasse le véhicule, qui
abandonne finalement une huile acide.

J'ai fait avec cette huile un grand nombre d'essais
qu'il serait sans intérêt de rapporter ici et qui chaque fois
qu'ils m'ont conduit à un produit défini, ont abouti à la
lactame $C^{10} H^7 AzCl^2 O^3$, fusible à 262°, qui a été
décrite plus haut.

Ainsi cette huile acide, traitée par une dissolution
étendue de soude, se prend en une masse de cristaux
qui recristallisés dans l'alcool fournissent la lactame en
question.

Si l'huile est mise en dissolution dans un mélange
d'éther et d'éther de pétrole et si on l'agite avec une
dissolution de carbonate de sodium, en vue d'extraire à
l'état de sel de soude les principes acides qu'elle contient,
c'est encore la lactame en question qui se précipite sous
forme cristalline à la limite de séparation des deux
véhicules.

IV

ACTION DE L'ISOCYANATE DE PHÉNYLE SUR L'ÉTHER ET SUR L'ACIDE α-OXYBUTYRIQUE.

§ I. — Ether α-oxybutyrique.

1° *Phényluréthane de l'éther α-oxybutyrique,*

$$CH^3.CH^2.CHO.CO\,AzH.\,C^6H^5$$
$$| \qquad\qquad = \quad C^{13}H^{17}Az\,O^4.$$
$$CO.OC^2H^5$$

— Trente-cinq grammes d'α-oxybutyrate d'éthyle, préparés d'après M. Schreiner [1] par l'action de l'α-bromobutyrate d'éthyle sur l'α-oxybutyrate de sodium en présence de l'alcool absolu à 160°, sont chauffés au bain d'huile à 135-140° pendant 45 minutes avec 30 gr. de carbanile, soit un peu moins que la quantité équimoléculaire. Au bout de ce temps, il ne persiste qu'une légère odeur d'isocynate. On dissout ce produit dans le mélange à parties égales d'éther et d'éther de pétrole, et l'on attend 48 heures afin de précipiter un peu de diphénylurée qui a pu se former, puis on filtre et on chasse le véhicule. On obtient ainsi une huile rouge-brun qui représente le produit d'addition.

Ce corps ne peut pas être distillé sans décomposition et n'a pas pu être amené à cristallisation. On n'a pas cherché à le purifier davantage en vue de l'analyse. Les bons résultats obtenus dans l'analyse du dérivé correspondant de l'éther lactique, lequel est également huileux et non distillable, permettaient, à la vérité, d'espérer, pour le produit butyrique, une purification aussi complète, mais

---

(1) Schreiner, *Liebig's Annalen*, t. 197, p. 21.

comme la matière première était ici d'une obtention plus
difficile et plus coûteuse, et que cette purification expose
a des pertes notables, on a renoncé à l'analyse du produit
d'addition. D'ailleurs le mode de formation de ce corps et
les produits auxquels il donne naissance ne laissent aucun
doute sur sa composition.

2° *Phényluréthane de l'acide α-oxybutyrique,*

$$CH^3.CH^2.CHO.CO\,Az\,H.C^6H^5 \atop \underset{CO.OH}{|} = C^{11}\,H^{13}Az\,O^4.$$

— La phényluréthane de l'éther α-oxybutyrique,
obtenue comme il vient d'être dit, est saponifiée par ébullition avec la quantité théorique de soude normale, mais
comme l'huile ne paraît que lentement attaquée, on ajoute
une deuxième molécule de soude, soit donc en tout 159^{cc} de
soude normale pour 20 gr. du produit d'addition. Après
une heure d'ébullition on laisse refroidir, on épuise le
liquide alcalin pour enlever les corps neutres tels que
l'anilide qui aurait pu se former (v. p. 79), puis on ajoute
un peu plus que la quantité théorique d'acide chlorhydrique normal et on épuise par l'éther.

Cet extrait éthéré est lavé à plusieurs reprises avec de
petites quantités d'eau jusqu'à disparition de la réaction
des chlorures dans l'eau de lavage, puis l'éther est
évaporé. On obtient ainsi un sirop acide qui se prend peu à
peu en une masse cristalline jaunâtre et un peu poisseuse.
On dessèche finalement le produit en l'étalant sur une
plaque poreuse. Le rendement est de 10 gr. 5 d'un acide
déjà très beau et représentant 60 p. 100 de la théorie. —
Ajoutons ici que l'éther qui a servi à épuiser la liqueur
alcaline a abandonné un enduit huileux, azoté, mais dont
l'étude n'a fourni aucun résultat précis.

L'acide ainsi obtenu est suffisamment pur pour qu'il
puisse servir aux préparations ultérieures et notamment

à l'obtention de la lactame correspondante. Pour l'analyse, il est nécessaire de le faire bouillir avec de petites quantités d'un mélange d'éther (1 p.) et d'éther de pétrole (2 p.), en laissant chaque fois refroidir le véhicule avec les cristaux, puis décantant ou filtrant. On enlève ainsi à chaque épuisement, avec une petite quantité d'acide, des impuretés colorées et de consistance poisseuse. Finalement on dissout à chaud dans un mélange à parties égales d'éther et d'éther de pétrole et on abandonne le filtrat à l'air libre. En décantant les dernières portions du véhicule, on obtient un résidu très blanc, en prismes microscopiques, fusibles à 116,5 - 117°,5 avec bouillonnement.

Combustion

	gr	
Matière....................	0,2611	
Acide carbonique	0,5686	Calculé pour
Eau	0,1440	$C^{11}H^{13}AzO^4$
C p. 100..................	59,39	59,19
H p. 100	6,12	5.82

Dosage de l'azote

	I	II	
Matière.............	0gr,4042	0gr,2954	
Volume d'azote......	22cc,4	16cc,4	
Pression............	771mm	771mm	
Température........	22°	23°	
Az p. 100	6,31	6,30	6,27

Dosage de l'acidité

	I	II
Matière.....................	0gr,3993	0gr,2549
Soude N/10 neutralisée.......	17cc,85	11cc,4
Calculé pour $C^{11}H^{12}AzO^4Na$.	17,90	11,4

Détermination du poids moléculaire par la cryoscopie

Solvant employé : Acide acétique glacial
Poids moléculaire calculé : 223

Concentrations	Abaissements	Poids moléculaires
0,4870 %	0°.35	229
1,057 —	0°,755	231

Ce corps est un peu soluble dans l'eau bouillante, mais avec transformation partielle dans la lactame ou anhydride interne correspondant, qui sera étudié plus loin. Il est très soluble dans l'alcool et l'éther. L'eau le reprécipite de ses dissolutions alcooliques en prismes microscopiques, associés en rosaces. Il est assez soluble dans l'alcool aqueux (à 45 p. 100) dans lequel on peut le faire recristalliser, sans crainte de le transformer sensiblement en anhydride. Il est soluble à chaud dans le benzène et le chloroforme, moins soluble à froid.

Lorsqu'il fond à 116-117°, la masse fondue bouillonne, perd de l'eau et fournit l'anhydride correspondant. Il se déshydrate pareillement au sein de l'eau bouillante et l'on reviendra sur cette transformation à propos de l'étude de l'anhydride.

A 150-160°, en tube scellé, l'action de l'eau est plus profonde, et l'on observe ici le même dédoublement qu'avec les phényluréthanes des acides glycolique et lactique. Cette opération a été faite avec 2gr d'acide qui ont été chauffés en tube scellé à 150-160° pendant 5 heures avec 60cc d'eau. A l'ouverture du tube, on constate l'existence d'une forte pression d'acide carbonique. Le liquide est à peine rosé et surnagé par quelques gouttes huileuses. Après avoir chassé la majeure partie de l'acide carbonique par un courant d'air, on neutralise le liquide à l'aide de soude titrée. La quantité de soude nécessaire correspond à 0gr,55 de l'acide primitif. A peine neutralisé, le liquide abandonne des cristaux, qui apparaissent au microscope sous la forme de larges prismes aplatis, épointés à leur extrémité, fusibles à 88-89°. Ils représentent l'*α-oxybutyranilide* que nous allons retrouver plus loin. En épuisant ensuite par l'éther le liquide neutralisé, on recueille par l'évaporation du véhicule une nouvelle quantité des mêmes cristaux, accompagnés d'un goudron brunâtre. La quantité totale obtenue est de $0^{gr},90$. La réaction a donc été la suivante :

$$CH^2.CH^3 \qquad\qquad CH^2\text{-}CH^3$$
$$\mid \qquad\qquad\qquad\qquad \mid$$
$$CHO.CO\,AzH.C^6H^5 = CO^2 + CHOH$$
$$\mid \qquad\qquad\qquad\qquad\qquad \mid$$
$$CO.OH \qquad\qquad\qquad CO.AzH.C^6H^5$$

Il arrive sans doute, ainsi que je l'ai démontré pour la phényluréthane des acides glycolique et lactique, qu'une partie de l'anilide subit, en outre, le dédoublement en acide α-oxybutyrique et en aniline, mais il n'y avait pas d'intérêt à recommencer ici cette démonstration.

3° *Lactame dérivée de la phényluréthane de l'acide α-oxybutyrique,*

$$CH^3.CH^2.CHO.CO\,Az.C^6H^5$$
$$\mid \qquad\qquad\qquad\qquad = C^{11}H^{11}Az\,O^3$$
$$CO\!\!-\!\!-\!\!-$$

α μ-Dicéto-β-éthyl-γ-phényloxazolidine

— On fait bouillir pendant deux heures cinq grammes de l'acide que l'on vient de décrire avec 100^{cc} d'eau, puis on filtre à chaud. Le filtrat louchit, puis laisse déposer des cristaux qui apparaissent au microscope sous la forme d'aiguilles extrêmement fines, flexueuses et associées en gerbes d'un dessin très délicat. Le corps fond à 88°.

Combustion

	gr	
Matière......................	0,2238	
Acide carbonique........	0,5263	Calculé pour
Eau	0,1029	$C^{11}H^{11}AzO^3$
C p. 100................	64,13	64.39
H p. 100	5,11	5,36

Dosage de l'azote

Matière..................	0gr, 3703	
Volume d'azote..........	21cc, 6	
Température.............	13°	
Pression................	778mm	
Az p. 100	7,01	6,83

Ce corps est très peu soluble dans l'eau froide, plus soluble dans l'eau bouillante, soluble dans l'alcool et dans l'éther, peu soluble dans l'éther de pétrole, très soluble dans le benzène et le chloroforme. Bouilli avec de l'eau, il se retransforme partiellement par hydratation dans l'acide correspondant. Dissous dans l'ammoniaque aqueuse ou dans la dissolution bouillante de carbonate de sodium, puis reprécipité par un acide, il fournit des cristaux en forme de petits prismes microscopiques, fusibles à 116-117° avec bouillonnement de la masse, et que rien ne distingue de l'acide obtenu par saponification de la phényluréthane de l'éther. Je n'ai pas poussé plus loin cette identification. Ce qui été dit p. 25 et 48, à propos des dérivés correspondants des acides glycolique et lactique me dispensait ici d'une démonstration plus complète.

§ II. — Acide α-oxybutyrique.

On porte au bain-marie, dans un ballon muni d'un tube condenseur, 10gr d'acide α-oxybutyrique et 22gr d'isocyanate de phényle, soit une molécule d'acide pour un peu moins de deux molécules de carbanile. Sitôt que la température atteint 40-50°, le dégagement d'acide carbonique commence, et, après quelques minutes de réaction, la prise en masse du liquide commence déjà. On chauffe encore pendant deux heures au bain-marie bouillant, et la masse d'abord pâteuse, devient de plus en plus dure. L'odeur de carbanile a entièrement disparu.

On traite d'abord par une dissolution moyennement étendue de carbonate de sodium, afin de dissoudre le reste de l'acide primitif non atteint, ou bien la phényl-uréthane de cet acide. Mais il ne se manifeste aucune effervescence, et en sursaturant le liquide alcalin par l'acide chlorhydrique, puis épuisant par l'éther, on n'obtient par évaporation de ce véhicule qu'une très petite quantité d'un sirop acide, n'ayant aucune tendance à la cristallisation et constituée sans doute par un peu d'acide primitif. J'ai signalé le même fait pour les acides glycolique et lactique. Il démontre que la phényluréthane de l'acide, sitôt formée, se transforme par perte d'eau en sa lactame correspondante.

On épuise ensuite la masse à plusieurs reprises par de l'ammoniaque (solution ordinaire étendue au 1/3) à la température de 50-60°. On dissout ainsi la lactame en question sous la forme du sel ammoniacal de l'acide correspondant et, en même temps, l'anilide qui est assez soluble dans l'eau chaude. Ces filtrats ammoniacaux louchissent en se refroidissant et abandonnent des gouttelettes huileuses, qui se transforment peu à peu en amas de petits prismes microscopiques, épointés et associés en étoiles. Un examen préalable ayant montré que ce corps est l'*anilide α-oxybutyrique*, on achève de l'enlever au liquide ammoniacal en épuisant celui-ci avec de l'éther à plusieurs reprises. On obtient ainsi par évaporation du véhicule une huile jaune-rougeâtre,

qui se prend en une masse cristalline confuse. Le rendement total en anilide est de 3^{gr},30 environ. On les fait
recristalliser dans un mélange à parties égales d'éther et
d'éther de pétrole, qui est un dissolvant très convenable
et qui abandonne l'anilide sous la forme de prismes
microscopiques allongés, fusibles à 88°-89°, solubles
dans l'alcool, dans l'éther, dans le chloroforme, et
solubles à chaud dans le benzène.

Combustion

	gr	Calculé pour
		$C^{10}H^{13}AzO^2$
Matière..................	0,2513	
Acide carbonique........	0,6143	
Eau	0,1744	
C p. 100...............	66,66	67.03
H p. 100	7.71	7.26

Dosage de l'azote

	I	II	
Matière..........	0^{gr},2874	0^{gr},2928	
Acide sulf. N/4....	6^{cc},43	6^{cc},53	
Az p. 100..........	7,79	7,80	7,82

Comme cette anilide n'a pas encore été décrite, à
ma connaissance du moins, je l'ai préparée d'autre part
en chauffant à 170°, dans un ballon au bain d'huile, un
mélange en quantités équimoléculaires d'acide α-oxybutyrique et d'aniline. La masse cristalline brun-sale
obtenue par refroidissement, est lavée à l'eau aiguisée
d'acide chorhydrique, puis à l'eau distillée et recristallisée dans l'eau bouillante avec addition de noir. On
obtient ainsi de fines aiguilles blanches, fusibles à 88-89°,
dans lesquelles on s'est contenté de faire un dosage
d'azote.

Dosage de l'azote

	I	II
Matière	0gr,3868	0gr,4047
Acide sulf. N/4 neutr…	8cc,4	8cc,85
Az p. 100	7,60	7,65

Après épuisement par l'éther, l'extrait aqueux ammoniacal est sursaturé par l'acide chlorhydrique et épuisé par l'éther qui fournit par évaporation 5gr,50 de phényluréthane de l'acide α-oxybutyrique, ayant évidemment préexisté dans la masse sous la forme de la lactame correspondante.

La masse restante est alors séchée et épuisée par le mélange à parties égales d'éther et d'éther de pétrole. Par concentration du véhicule, il se dépose des cristaux, formant une masse légère, feutrée, composée de prismes microscopiques allongés, à bords très nets. Ce corps est en réalité peu soluble dans le dissolvant employé, bien que le rendement paraisse au premier abord abondant. En six ou sept épuisements, faits chaque fois avec 200 à 250cc de véhicule, on réunit finalement 6gr d'un produit fondant à 149-150°. Puis les rendements baissent brusquement et sont constitués surtout par un peu de diphénylurée, laquelle est un peu soluble dans le mélange des deux éthers, lorsqu'elle est accompagnée de substances étrangères. On arrête alors les épuisements. La masse restante pèse 6gr, et ses reactions démontrent qu'elle est représentée par de la diphénylurée à peu près pure.

On a donc isolé successivement du produit de l'action de l'isocyanate de phényle sur l'acide α-oxybutyrique : 1° l'anilide ; 2° la lactame correspondant à la phényluréthane de l'acide ; 3° un corps fondant à 149-150°, et qui n'est autre que la *phényluréthane de l'anilide.*

Phényluréthane de l'α-oxybutyranilide,

$$CH^3 \cdot CH^2 \cdot \underset{\underset{CO.AzH.C^6H^5}{|}}{CHO.CO \, AzH.C^6H^5} = C^{17}H^{18}Az^2O^3.$$

— Le produit obtenu dans les opérations que l'on vient de décrire n'est pas encore suffisamment pur pour l'analyse. On le purifie en le soumettant à des épuisements méthodiques à l'aide de petites quantités du mélange d'éther et d'éther de pétrole. On enlève de la sorte un peu d'une résine jaunâtre, et le point de fusion se fixe à 153-154° ; il varie d'ailleurs un peu avec la rapidité de la chauffe. Ce corps est très soluble dans l'alcool ou dans le benzène bouillants, beaucoup moins soluble à froid, moins soluble dans l'éther, soluble dans le chloroforme.

Combustion

	gr	
Matière...................	0,2542	
Acide carbonique.........	0,6383	Calculé pour
Eau.....................	0,1377	$C^{17}H^{18}Az^2O^3$
C p. 100................	68,47	68,40
H p. 100................	6,02	6,04

Dosage de l'azote

	I,	II	
Matière............	0gr,2794	0gr,2766	
Acide sulf.N/4 neutr.	7cc,73	7cc,63	
Az p. 100..........	9,68	9,65	9,40

Comme cette phényluréthane d'anilide a été, par suite de circonstances extérieures, la première que j'aie obtenue, j'en ai déterminé, pour plus de sécurité, le poids moléculaire par la cryoscopie à l'aide de l'acide acétique glacial comme solvant :

Détermination du poids moléculaire

Concentrations	Abaissements	Poids moléculaires
3,378 °/.	0°,40	329
5,205 »	0°,62	325

Le poids moléculaire calculé est de 298.

Il était indiqué de vérifier la constitution de ce corps, comme on l'a fait pour les composés correspondants, dérivés des acides glycolique et lactique, c'est-à-dire en constatant qu'on obtient ce même composé en faisant réagir l'isocyanate de phényle soit sur l'anilide α-oxybutyrique, soit sur la phényluréthane de l'acide α-oxybutyrique.

A cet effet, on a chauffé au bain-marie pendant une heure et demie, un mélange de 3gr d'anilide avec 1gr,95 de carbanile, soit une molécule du premier pour un peu moins d'une molécule du second. Le mélange fond en un liquide homogène jaunâtre, puis après 20 minutes, il se forme des croûtes cristallines jaunâtres sur les bords, et progressivement le tout se prend en masse. Après refroidissement on lave le produit avec le mélange d'éther et d'éther de pétrole, puis on fait recristalliser dans l'alcool à 65 p. 100 bouillant. On obtient ainsi 4gr d'un corps cristallisé en aiguilles prismatiques microscopiques, fusibles à 150°. Par une série d'épuisements à l'aide du mélange bouillant d'éther et d'éther de pétrole et de recristallisation dans l'alcool à 65 p. 100, on élève peu à peu le point de fusion à 153-154°. En outre, le dosage de l'azote donne les résultats que voici :

Dosage de l'azote

	I	II	
Matière	0gr,4188	0gr,3862	
Acide sulf. N/4 neutral	11cc,2	10cc,2	Calculé
Az p. 100	9,45	9,50	9,40

D'autre part, on a chauffé au bain-marie un mélange (en quantités équimoléculaires) de 3ᵍʳ de la phényluréthane de l'acide α-oxybutyrique avec 1ᵍʳ,50 de carbanile. Le dégagement d'anhydride carbonique commence presqu'aussitôt, en même temps que le tout se liquéfie en une huile jaunâtre. Après 45 minutes, le liquide est pris en une masse cristalline qui ne répand plus qu'une faible odeur d'isocyanate. On lave alors la masse refroidie avec le mélange d'éther et d'éther de pétrole, puis on fait recristalliser dans l'alcool à 65 p. 100 bouillant. Le filtrat, d'abord laiteux, abandonne une purée de fines aiguilles microscopiques, fusibles à 150° On s'est abstenu cette fois des purifications laborieuses par lesquelles on eut pu certainement faire hausser ce point de fusion jusqu'à 153-154°. Un dosage d'azote a d'ailleurs confirmé l'identité de ce produit avec ceux que fournissent les deux autres modes d'obtention.

Dosage de l'azote

Matière..................	0,4119	Calculé pour
Acide sulf. N/4 neutral.....	11ᶜᶜ,45	$C^{17}H^{18}Az^2O^3$
Az p. 100	9,54	9,40

Ces trois modes de préparation de la phényluréthane de l'α-oxybutyranilide peuvent être résumés par des schémas analogues à ceux qui ont été donnés pour l'acide glycolique, à la page 31. Ils justifient les formules adoptées ci-dessus pour la phényluréthane de l'acide et pour la phényluréthane de l'anilide.

Le corps fusible à 153-154° est donc la phényluréthane de l'anilide α-oxybutyrique. Ce corps est à peu près insoluble dans l'eau froide, un peu soluble dans l'eau bouillante, soluble dans l'alcool aqueux et mieux encore dans l'alcool fort, peu soluble dans l'éther, à peu près insoluble dans l'éther de pétrole.

Lorsqu'on maintient ce corps pendant quelque temps au bain d'huile à 170-175°, il reste à peu près inaltéré. Lorsqu'on le chauffe au contraire par petites portions dans un tube à essai, à feu nu, de manière à fondre le corps et à le maintenir en douce ébullition pendant cinq minutes, il perd de l'aniline et se transforme partiellement en la lactame correspondante, dont une partie se sublime en aiguilles légères. L'équation de dédoublement est analogue à celle qui a été donnée à la page 34 et le procédé employé pour isoler les deux produits de la réaction est également calqué sur celui qui a été décrit à ce moment. L'aniline a pu être nettement caractérisée d'une part, et de l'autre on a isolé, à l'aide de l'eau bouillante, un produit fusible à 88°, se présentant au microscope en fines aiguilles flexueuses, très peu soluble dans l'eau froide à laquelle il ne communique aucune réaction acide, plus soluble dans l'eau bouillante, laquelle rougit alors nettement le tournesol. Ce corps est donc bien la lactame correspondant à la phényluréthane de l'acide α-oxybutyrique.

Je dois ajouter ici que M. Travers, dans le mémoire cité plus haut, rapporte qu'il a fait réagir le carbanile sur l'éther oxybutyrique — vraisemblablement sur l'éther α — et qu'il a obtenu, en opérant comme pour l'éther lactique, un acide fusible à 112°,5 et un corps se comportant comme l'anhydride de cet acide et fusible à 86°,5, mais en trop faible quantité pour qu'il ait pu les analyser. Ces deux composés sont évidemment la phényluréthane de l'acide α-oxybutyrique et sa lactame.

V

ACTION DE L'ISOCYANATE DE PHÉNYLE SUR L'ÉTHER
ET SUR L'ACIDE α-OXYISOBUTYRIQUE.

§ I. — Ether α-oxyisobutyrique.

1° *Phényluréthane de l'éther α-oxyisobutyrique,*

$$(CH_3)=CO.CO\,AzH.C^6H^5 \quad = \quad C^{13}H^{17}AzO^4.$$
$$\overset{|}{CO.O\,C^2H^5}$$

— On chauffe à 180°, pendant une vingtaine de minutes, le mélange d'éther et d'isocyanate en quantités équimoléculaires. Quand on constate qu'une goutte du liquide portée sur un verre de montre et traitée par un peu d'éther de pétrole se prend en une masse compacte, on laisse refroidir et l'on provoque la cristallisation de toute la masse à l'aide des cristaux obtenus d'abord. On fait enfin recristalliser le produit dans de l'éther de pétrole additionné d'un peu d'éther ordinaire.

Combustion

	gr	
Matière............	0,2244	
Acide carbonique.....	0,5100	Calculé pour
Eau	0,1307	C^{13}H^{17}AzO^4
C p. 100......	61,08	62,15
H p. 100............	6,47	6,77

Dosage de l'azote

Matière.............	0gr,4423	
Volume d'azote......	21cc,4	
Température........	18°	
Pression............	760mm	
Az p. 100............	5,55	5,58

Ce corps est en longues et fines aiguilles soyeuses, fusibles à 77°-78°, très solubles dans l'alcool, l'éther, le chloroforme, le benzène.

2° *Phényluréthane de l'acide α-oxyisobutyrique,*

$$(CH^3)^2=CO.COAzH.C^6H^5 \atop \underset{CO.OH}{|} \qquad = \quad C^{11}H^{13}AzO^4.$$

— Dix grammes de la phényluréthane que l'on vient de décrire sont mis à bouillir dans un ballon, au réfrigérant à reflux, avec la quantité théorique de soude normale, soit 40ᶜᶜ et un égal volume d'eau. La dissolution de l'huile est rapide, et la liqueur, filtrée à chaud, abandonne par refroidissement des paillettes à aspect micacé, fusibles à 134°, et présentant la composition et les proriétés de l'*antide α-oxyisobutyrique* décrite par M. Tigerstedt[1]. On la purifie très aisément par recristallisation dans l'éther, dans lequel elle est sensiblement plus soluble à chaud qu'à froid. On peut aussi la faire recristalliser de l'eau bouillante, et cette dissolution fournit par refroidissement lent des tablettes hexagonales de 1 à 2ᵐᵐ de côté :

Combustion

Matière.................	0,3204 gr	
Acide carbonique........	0,7908	Calculé pour
Eau	0,2088	C¹⁰H¹³AzO²
C p. 100	67,31	67.01
H p 100	7,24	7,26

Dosage de l'azote

Matière.................	0ᵍʳ,4770	
Volume d'azote..........	33ᶜᶜ,0	
Température.............	15°	
Pression	745ᵐᵐ	
Az p. 100...............	7,88	7,82

(1) TIGERSTEDT, *D. ch. G.*, t. **25**, p. 2027.

La solution alcaline qui a abandonné ces cristaux
d'anilide est ensuite épuisée par l'éther dont l'évaporation
fournit encore un peu d'anilide, souillée par une huile
rougeâtre. On recueille ainsi en tout 3gr,10 d'anilide.

On acidifie ensuite par un peu plus que la quantité
théorique d'acide chlorhydrique normal : il se produit
une effervescence, avec un dégagement d'anhydride
carbonique, d'autant plus vif que l'action de la soude a
duré plus longtemps. On épuise par l'éther, on lave cet
éther avec de petites quantités d'eau jusqu'à disparition
de la réaction des chlorures et on laisse évaporer. On
obtient ainsi 3gr,50 d'un acide déjà assez pur et dont on
achève aisément la purification par cristallisation dans
le mélange à parties égales d'éther et d'éther de pétrole.
Le jet de cristaux fourni par refroidissement est abondant, et si les solutions sont saturées à l'ébullition, elles
se prennent même en masse par le refroidissement.
L'évaporation lente du véhicule donne des prismes
macroscopiques, à quatre pans, mais fortement aplatis.
On peut aussi le purifier avec succès à l'aide de l'alcool
à 45 p. 100.

Combustion •

	gr	
Matière.................	0,3736	
Acide carbonique.........	0,8160	Calculé pour
Eau	0,1959	C¹¹H¹³Az O⁴
C p. 100	59,56	59,19
H p. 100	5,82	5,82

Dosage de l'azote

	gr	
Matière.................	0,7602	
Volume d'azote...........	41cc,0	
Température.............	15°	
Pression.................	702mm	
Az p. 100................	6,29	6,27

Chauffé lentement ce corps fond à 130° plus rapidement à 132° et la fusion est accompagnée de ce bouillonnement de la masse signalée déjà pour tous les homologues inférieurs de ce corps et qu'expliquent le départ de vapeur d'eau et la formation de l'anhydride.

Ce corps est peu soluble dans l'eau froide, plus soluble dans l'eau bouillante, mais avec transformation partielle en sa lactame. Il est soluble dans l'alcool, moins soluble dans l'alcool aqueux froid, mais très soluble à chaud, très soluble aussi dans l'éther et moins soluble dans le chloroforme chaud qui l'abandonne par le refroidissement en petits prismes microscopiques courts, épointés aux deux extrémités et souvent réduits à un hexagone ou même un losange.

C'est un corps à réaction nettement acide, rougissant la teinture de tournesol et faisant effervescence avec les carbonates. Avec la dissolution saturée de carbonate de sodium notamment, l'acide se dissout promptement avec effervescence, puis le sel de sodium formé cristallise aussitôt.

Bouilli avec de l'eau, il se déshydrate et fournit la lactame correspondante, mais il subit en même temps temps une décomposition plus profonde qui consiste dans une transformation en anilide avec dégagement d'acide carbonique, conformément à l'équation :

$$
\begin{array}{ccc}
(CH^3)^2 & & (CH^3)^2 \\
\| & & \| \\
CO.CO\,Az\,H.C^6H^5 & = CO^2 + & COH \\
| & & | \\
COOH & & COAz.H.C^6H^5
\end{array}
$$

La démonstration de ce fait est très simple. On introduit 2gr de la phényluréthane de l'acide et 100gr d'eau distillée dans un petit ballon disposé de telle manière que les gaz produits par l'ébullition passent à travers de l'eau de chaux. Sitôt que l'ébullition commence, on constate

que l'eau de chaux est troublée. Après une demi-heure,
on laisse refroidir. Le liquide bouilli se trouble et
abandonne des cristaux. On le neutralise et on l'épuise
par de l'éther qui fournit par évaporation 0^{gr},30 d'anilide α-oxyisobutyrique à peu près pure. Cette anilide
recristallisée de l'eau bouillante a bien les formes
cristallines caractéristiques et l'aspect un peu micacé
de ce composé. Elle ne fond d'abord qu'à 118-120°, sans
doute parce qu'elle est accompagnée par un peu de la
lactame, mais une seule recristallisation dans l'eau
bouillante porte le point de fusion à 133°.

Cette décomposition est à peu près complète, lorsqu'on remplace l'eau par une solution alcaline étendue
et soit une molécule d'acide pour deux molécules de
soude :

$$C^{11}H^{13}AzO^4 + 2NaOH = CO^3Na^2 + C^{10}H^{13}AzO^2 + H^2O$$

Après une demi-heure d'ébullition, il se fait dans
le liquide refroidi une abondante cristallisation d'anilide, tandis que le liquide alcalin fait effervescence
très vivement, lorsqu'on l'additionne d'acide. Ainsi
s'explique pourquoi, pendant la saponification de la
phényluréthane de l'éther, on voit apparaître toujours une
certaine quantité d'anilide, et pourquoi la mise en liberté
de l'acide obtenu est accompagné d'une effervescence plus
ou moins vive de la solution alcaline.

3° *Lactame dérivée de la phényluréthane de l'acide*
α-oxyisobutyrique,

$$(CH^3)^2 = CO.\ CO\ Az.C^6H^5 \bigg| \quad = C^{11}H^{11}AzO^3,$$
$$\qquad\qquad CO$$

αμ-Dicéto-β-diméthyl-γ-phényloxazolidine.

— Lorsqu'on fait bouillir avec de l'eau la phényluréthane
de l'acide que l'on vient de décrire, elle se déshydrate

comme les précédentes et donne par perte d'eau la lactame correspondante. Cette déshydratation s'opère aussi au moment de la fusion de l'acide vers 130-135°, mais pour la préparation de l'anhydride, il est plus simple d'opérer par voie humide. On fait bouillir 2 à 3 gr. de la phényluréthane de l'acide avec 100 à 150cc d'eau pendant une heure, au réfrigérant à reflux, puis on décante le liquide et on le filtre à chaud. Par refroidissement, il cristallise un mélange d'anilide et d'un peu d'anhydride. Tout ce qui se forme d'anilide passe dans ce premier filtrat, tandis que l'anhydride produit, bien moins soluble dans l'eau bouillante que l'anilide, est demeuré au fond du ballon à réaction. On reprend ce résidu à trois reprises par de l'eau bouillante et l'on obtient chaque fois, par refroidissement du filtrat, un jet de cristaux microscopiques, en tablettes quadrangulaires ou carrées, imbriquées les unes sur les autres et fusibles à 118-119°.

Combustion

	gr	
Matière................	0,2103	
Acide carbonique.......	0,4963	Calculé pour
Eau	0,1022	$C^{14}H^{11}Az O^3$
C p. 100..............	64,30	64,39
H p. 100.	5,40	5,30

Dosage de l'azote

Matière................	0gr,5068	
Volume d'azote.........	29cc,8	
Température...........	13°,5	
Pression...............	764mm,5	
Az p. 100	6,91	6,83

Ce corps est très peu soluble dans l'eau froide, un peu plus soluble dans l'eau chaude, mais avec retransformation partielle en acide. Du moins constate-t-on que le liquide d'abord neutre devient promptement acide, ce qui prouve que la réaction de transformation de l'acide en sa lactame doit être limitée, ainsi qu'on l'a démontré pour le dérivé glycolique.

Cet anhydride est soluble dans l'alcool, dans l'éther et dans le chloroforme. Il est insoluble à froid dans la solution concentrée de carbonate de sodium, du moins immédiatement, mais s'y dissout à la longue, ou immédiatement à chaud, avec formation de sel de soude correspondant. La soude caustique le dissout plus rapidement, mais sitôt qu'on fait bouillir on provoque la transformation en anilide. De cette dissolution dans les alcalis, les acides reprécipitent aussitôt la phényluréthane de l'acide.

§ II. — Acide α-oxyisobutyrique.

L'action de l'isocyanate de phényle sur l'acide α-oxyisobutyrique est en tout semblable à celle que j'ai décrite pour les précédents acides, c'est-à-dire qu'il se produit la phényluréthane de l'acide, aussitôt transformée en sa lactame, l'anilide, et la phényluréthane de l'anilide, avec cette particularité que le rendement, en ce qui concerne ce dernier corps a été très faible, et qu'il se passe sans doute des réactions accessoires, réactions de dédoublement dont la direction n'a pu être précisée exactement.

On a chauffé au bain-marie 10^{gr} d'acide avec 22^{gr} de carbanile, soit une molécule du premier pour deux molécules du second. Sitôt que l'action de la chaleur commence à se faire sentir, le dégagement d'acide carbonique s'établit, et il faut se tenir prêt à retirer et à refroidir le ballon dans lequel se fait l'opération, car la réaction devient aisément tumultueuse et le courant d'anhydride carbonique emporte alors et projette au dehors des gouttelettes d'isocyanate. Promptement la masse, d'abord liquide, se concrète, mais l'odeur persiste encore longtemps.

Lorsque dans le produit refroidi, l'odeur de l'isocyanate a disparu complètement, on constate, surtout si on triture le tout avec un peu d'eau, l'apparition d'une odeur acétonique marquée. J'ai trituré et lavé la masse avec 200cc d'eau environ et après avoir filtré et soumis le filtrat à la distillation, j'ai recueilli 100cc de liquide ayant une odeur cétonique prononcée, donnant avec le nitroprussiate de sodium et la soude une coloration rouge et un précipité jaune par l'iode et le carbonate de sodium. Mais je n'ai pas réussi à préciser davantage cette diagnose d'une acétone.

On triture ensuite la masse avec une dissolution froide et moyennement concentrée de carbonate de sodium, afin de lui enlever les acides qu'elle peut contenir. Comme cet extrait aqueux alcalin peut emporter aussi de l'anilide, on l'épuise par l'éther qui fournit effectivement un peu d'anilide (environ 0gr,20). Puis on acidifie le liquide et on épuise à nouveau par l'éther, qui ne laisse que quelques décigrammes de cristaux, baignant dans une résine brunâtre et qu'il n'a pas été possible d'étudier davantage.

On épuise ensuite par la solution ordinaire de gaz ammoniac, étendue de son volume d'eau et portée à 40-50°. Le filtrat abandonne chaque fois par refroidissement des cristaux d'anilide. Finalement ces liquides alcalins sont épuisés par l'éther qui donne encore un peu d'anilide et environ 1gr d'une huile rouge-brun qui présente toutes les réactions de l'aniline. On réunit ainsi en tout environ 3gr,50 d'anilide.

La solution ammoniacale, acidifiée par l'acide chlorhydrique, est épuisée par l'éther, qui abandonne par

évaporation 7ᵍʳ de la phényluréthane de l'acide α-oxyisobutyrique qui préexistait évidemment dans la masse
sous la forme de la lactame correspondante.

La masse restante, préalablement desséchée, est finalement épuisée par le mélange à parties égales d'éther et
d'éther de pétrole. On obtient ainsi un premier jet
d'environ 0ᵍʳ,60 d'un corps cristallisé qui est visiblement
un mélange, puis une série de jets médiocres, constitués
par un peu de diphénylurée. On arrête l'opération à
ce moment. Ce qui reste est de la diphénylurée à peu
près pure, environ 13ᵍʳ.

Le mélange en question apparaît au microscope
comme formé par de la diphénylurée, accompagnée
d'un corps cristallisé en octaèdres très caractéristiques,
offrant, lorsqu'on les aperçoit par le sommet, l'aspect
d'enveloppes de lettres des cristaux d'oxalate de calcium,
mais les cristaux en question sont beaucoup plus
volumineux et à faces bien plus visibles. Je ne suis
pas parvenu à isoler ce corps en quantité suffisante
pour l'analyse, car les rendements sont, comme on
vient de le dire, très médiocres, et l'élimination complète de la diphénylurée extrèmement laborieuse.

J'ai néanmoins acquis la certitude que ce corps
représente la phényluréthane de l'α-oxyisobutyranilide
en préparant ce composé à partir de l'anilide. J'en
décris ci-après la préparation et les propriétés.

Phényluréthane de l'α-oxyisobutyranilide,

$$(CH^3)^2 = CO . COAzH . C^6H^5$$
$$| \qquad\qquad = \quad C^{17}H^{18}Az^2O^3.$$
$$CO . AzH . C^6H^5$$

— On chauffe au bain-marie un mélange de l'anilide
et d'isocyanate, molécule à molécule, avec un poids
de benzène anhydre suffisant, pour permettre un
mélange convenable. Après trois heures de chauffe, on

laisse refroidir et on épuise par le mélange à parties
égales d'éther et d'éther de pétrole. Par concentration
du véhicule, on fait cristalliser d'abord un peu d'anilide
non attaquée, puis un mélange dans lequel on aperçoit
au microscope les prismes allongés de l'anilide mêlés aux
octaèdres si caractéristiques décrits plus haut. L'eau
bouillante, l'alcool plus ou moins aqueux, l'éther,
successivement essayés, donnent toujours ce même
résultat. Finalement, on constate qu'en faisant bouillir
la masse avec une quantité insuffisante d'alcool à 65
p. 100, il passe à travers le filtre, dissous dans l'alcool,
un mélange de diphénylurée et du corps cherché,
tandis que sur le filtre on recueille, avec des pertes
énormes, une masse cristalline dans laquelle on n'aperçoit plus au microscope que des formes octaédriques tout
à fait pures. Mais ce produit donne encore à l'analyse
un excès notable d'azote. Ce n'est qu'après trois recris-
tallisations dans l'alcool à 65 p. 100 que j'ai obtenu
une petite quantité de produit fondant à 155-156°,
et donnant à l'analyse des résultats suffisamment
exacts.

Combustion

	gr	
Matière................	0,2576	
Acide carbonique........	0,6440	Calculé pour
Eau....................	0,1412	$C^{17}H^{18}Az^2O^3$
C p. 100..............	68,18	68,46
H p. 100..............	6,09	6,01

Dosage de l'azote

	I	II	
Matière..............	0gr,4154	0gr,5099	
Ac. sulf. N/4 neutr.....	11cc,3	13cc,53	
Az p. 100...	9,37	9,29	9,40

J'ai tenu à confirmer ces résultats en préparant le même corps par l'action de l'isocyanate de phényle sur la phényluréthane de l'acide α-oxyisobutyrique. Le mélange dégage de l'acide carbonique dès qu'on le chauffe à 60-70°. On le laisse pendant une heure au bain-marie bouillant, puis on soumet la masse obtenue à des épuisements méthodiques par l'alcool à 65 p 100 bouillant. On constate ainsi que l'on est en présence d'un mélange de diphénylurée, de la lactame dérivée de la phényluréthane de l'acide α-oxyisobutyrique, facile à reconnaître aux tablettes quadrangulaires qu'elle montre au microscope et à son point de fusion (118-119°) et enfin de phényluréthane de l'anilide, fusible à 155-156° et présentant au microscope ses cristaux octaédriques si caractérisques.

On voit donc que dans cette réaction, l'isocyanate de phényle exercé le rôle d'agent de déshydratation que lui a reconnu M. Haller, et qu'ainsi une partie seulement de l'acide employé a été transformé en anilide, l'autre ayant tourni par perte d'eau la lactame correspondante. Quoiqu'il en soit la phényluréthane de l'anilide a pris naissance dans cette réaction et ce mode d'obtention, rapproché des deux autres, justifie ici encore la formule par laquelle j'ai représenté plus haut ce composé.

Ce corps est peu soluble dans l'eau bouillante, soluble dans l'acool bouillant concentré ou étendu, dans l'éther et dans le chloroforme, moins soluble dans le benzène, peu soluble dans l'éther de pétrole.

Je n'ai pas fait avec ce composé l'expérience qui consiste à le transformer par perte d'aniline sous l'action de la chaleur, en la lactame correspondante, par la raison que la préparation du corps à l'état de pureté est très laborieuse et que j'ai eu grand'peine à en réunir assez pour une analyse. Il n'y avait pas au surplus grand intérêt à reprendre cette démonstration, puisqu'elle a été faite pour le dérivé correspondant des acides glycolique, lactique et α-oxybutyrique.

VI

ACTION DE L'ISOCYANATE DE PHÉNYLE SUR L'ÉTHER α-OXYVALÉRIANIQUE NORMAL.

1° *Phényluréthane de l'éther α-oxyvalérianique.* — De l'acide α-oxyvalérianique normal, préparé par saponification du cyanhydrate de butyraldéhyde d'après le procédé de M. Menozzi [1], est transformé en sel d'argent, puis en éther éthylique à l'aide de l'iodure d'éthyle. On ne s'est pas préoccupé de purifier d'une manière complète l'éther ainsi obtenu, l'étude des phényluréthanes de l'éther lactique et de l'éther α-oxybutyrique ne laissant que peu d'espoir d'obtenir un produit cristallisé. On a donc traité cet éther brut par de l'isocyanate de phényle, molécule à molécule, à la température du bain-marie. Au bout de quelques heures, l'odeur de carbanile ayant complètement disparu, on dissout l'huile obtenue dans un mélange à parties égales d'éther et d'éther de pétrole, afin de précipiter un peu de diphénylurée; on filtre après 48 heures et on chasse le véhicule au bain-marie. L'huile restante représente le produit d'addition qui a servi directement à préparer les dérivés dont l'étude suit.

2° *Phényluréthane de l'acide α-oxyvalérianique,*

$$CH^3-CH^2-CH^2-CHO.CO\ Az\ H.\ C^6H^5 \quad = \quad C^{12}H^{15}AzO^4.$$
$$\overset{|}{COOH}$$

— On fait bouillir au réfrigérant à reflux 20ᵍʳ de la phényluréthane de l'éther avec 80ᶜᶜ de soude normale, soit un peu plus de la quantité théoriquement nécessaire.

(1) MENOZZI, *Gazz. chim. ital.* t. 14, p. 19.

Après dix minutes d'ébullition, comme il se dégage à travers le réfrigérant une forte odeur de phénylcarbylamine, et qu'au surplus toute l'huile a disparu, on cesse de chauffer. Par refroidissement, le liquide encore alcalin, abandonne des cristaux qui apparaissent au microscope sous la forme de larges prismes, taillés en pointes aux deux extrémités, souvent réduits à un hexagone ou même à un losange. On les recueille, on les sèche sur l'acide sulfurique et on les traite par l'éther à froid qui laisse insoluble environ 0^{gr},25 de diphénylurée et dissout au contraire le reste, soit environ 3^{gr} d'un corps qui est *l'anilide de l'acide α-oxyvalérianique normal*. En effet, recristallisé dans l'alcool à 45 p. 100, ce corps fondait à 89-90° et a donné à l'analyse les résultats que voici :

Combustion

	gr	
Matière................	0,2608	
Acide carbonique	0,6556	Calculé pour
Eau....................	0,1841	$C^{11} H^{15} Az O^2$
C p. 100..............	68,55	68,39
H p. 100	7,84	7,77

Dosage de l'azote

	I	II	
Matière.............	0^{gr},2862	0^{gr},2824	
Acide sulf. N/4 neutr.	5^{cc},93 ,	5^{cc},83	
Az p. 100..........	7,25	7,22	7,25

Cette anilide n'ayant pas encore été décrite, je l'ai préparée en chauffant l'aniline et l'acide molécule à molécule, pendant 4 heures à 150°. La masse cristalline obtenue par refroidissement est lavée à l'eau aiguisée d'acide chlorydrique, puis à l'eau distillée et recristallisée plusieurs fois dans l'alcool à 45 p. 100, additionné d'un peu de noir animal.

Dosage de l'azote

	I	II	
Matière...............	0gr,2053	0gr,2630	
Acide sulf. N/4 neutr...	5cc,33	5cc,33	Calculé
Az p. 100	7,02	7,09	7,25

Ce corps fond à 89-90° ; il est en paillettes nacrées, un peu grasses au toucher, solubles dans l'eau bouillante, dans l'alcool, l'éther, le chloroforme, le benzène.

On épuise ensuite le liquide alcalin par l'éther, afin d'enlever le reste de l'anilide demeuré en dissolution. On en extrait, en effet, une petite quantité, souillée par un peu d'une huile noirâtre. Le liquide alcalin, additionné d'acide chlorhydrique en quantité légèrement supérieure à celle qui correspond théoriquement à la soude employée, est alors épuisé par l'éther. Notons que l'addition de l'acide provoque une effervescence assez vive, ce que faisait prévoir déjà la production de l'anilide. L'éther évaporé laisse une huile acide, qui se transforme lentement en une purée de cristaux en prismes microscopiques, que l'on étale sur plaque poreuse et qui pèsent 16gr.

La purification de cet acide a été très laborieuse, car il est très soluble dans presque tous les véhicules neutres ordinairement employés. Toutefois il est peu soluble dans l'éther de pétrole et l'on se sert de ce carbure pour épuiser un grand nombre de fois, et à chaud, le produit à purifier. On enlève ainsi, à chaque fois, avec une partie des cristaux, des produits huileux jaunâtres. On continue ces lavages avec un mélange de neuf volumes d'éther de pétrole et d'un volume d'éther ordinaire, véhicule qui enlève encore de petites quantités d'huile. Mais le produit ainsi purifié ne donne pas encore des résultats exacts à l'analyse. Finalement on est réduit à le transformer en sa lactame par le procédé qui sera décrit plus loin, à dissoudre cette lactame dans de la soude étendue et chaude et à épuiser soigneusement cette liqueur alcaline au moyen de l'éther, qui enlève ainsi un peu d'anilide avec des traces d'huile jaunâtre. On acidifie ensuite la solution avec la quantité calculée d'acide chlorhydrique et on épuise par l'éther, dont l'évaporation fournit une huile jaune-clair, se transformant bientôt en une purée de cristaux prismatiques blancs, fusibles à 78°.

Combustion

Matière	$\overset{gr}{0,2290}$	
Acide carbonique	0,5109	Calculé pour
Eau	0,1318	$C^{12}H^{15}AzO^4$
C p. 100	60,84	60,76
H p 100	6,39	6,33

Dosage de l'azote

	I	II	
Matière	0gr,3205	0gr,3542	
Acide sulf. N/4 neutr	5cc,53	6cc,03	
Az p. 100	6,03	5,95	5,91

Ce corps est peu soluble dans l'eau froide, plus soluble dans l'eau bouillante, mais avec transformation partielle en sa lactame. Il est très soluble dans l'alcool, l'éther, le chloroforme, le benzène, beaucoup moins soluble dans l'éther de pétrole. Lorsqu'on le fond à 78°, dans le tube capillaire, et qu'on porte ensuite la température à 100°, la masse fondue présente ce bouillonnement (dû au départ de vapeur d'eau) déjà signalé pour les homologues inférieurs de cet acide.

Bouilli avec de la soude, il perd de l'acide carbonique et se transforme dans l'anilide correspondante, conformément à l'équation :

$$C^{12}H^{15}AzO^4 + 2NaOH = CO^3Na^2 + H^2O + C^{11}H^{15}AzO^2$$

Il subit déjà ce dédoublement par simple ébullition comme son homologue inférieur, la phényluréthane de l'acide α-oxyisobutyrique, ce qui complique, comme on va le voir, la préparation de sa lactame.

3° *Lactame dérivée de la phényluréthane de l'acide α-oxyvalérianique normal,*

$$CH^3.CH^2.CH^2.CHO.COAz.C^6H^5 \mid CO = C^{12}H^{13}AzO^3,$$

αμ-Dicéto-β-propyl-γ-phényloxazolidine.

— L'acide que l'on vient de décrire, bouilli avec de l'eau, se transforme comme les précédents en sa lactame, mais avec cette complication que l'anilide prend naissance en même temps. Si après une demi-heure d'ébullition, on filtre le liquide bouillant, on constate que par refroidissement il abandonne des cristaux apparaissant au microscope comme mélange : 1° de losanges ou de prismes aplatis très larges et très courts, largement taillés en pointe aux deux extrémités et 2° de prismes allongés et fins, à bords nets. Les premiers représentent les formes de l'anilide; les seconds sont la lactame cherchée.

La séparation de ces deux corps est néanmoins facile, parce que la production de l'anilide aux dépens de la phényluréthane de l'acide paraît arrêtée, sitôt que celle-ci est transformée en sa lactame. Il suit de là que si l'on fait bouillir, par exemple, 2gr de l'acide avec 150cc d'eau pendant une heure au réfrigérant à reflux et que l'on décante sur un filtre le liquide bouillant, ce premier filtrat donne le mélange de cristaux que l'on vient de décrire, mais si l'on remet les eaux mères de ces cristaux sur la matière demeurée au fond du ballon, on constate après quelques minutes d'ébullition, que le nouveau filtrat ne fournit plus que la lactame, sans mélange avec la forme losangique si caractéristique de l'anilide.

Le produit ainsi obtenu fond à 95-96° et il donne à l'analyse les résultats que voici :

Combustion

	gr	
Matière	0,2570	
Acide carbonique	0,6183	Calculé pour
Eau....................	0,1382	$C^{12}H^{13}AzO^3$
C p. 100............	65,61	65,75
H p. 100...............	5,97	5,93

Dosage de l'azote

	I	II	
Matière	0gr,3177	0gr,2832	
Acide sulf. N/4 neutr....	5cc,83	4cc,83	
Az p. 100...............	6,42	6,42	6,39

Ce corps est à peu près insoluble dans l'eau froide, très peu soluble dans l'eau bouillante, avec retransformation partielle dans l'acide correspondant. Il est soluble dans l'alcool, l'éther, le chloroforme, le benzène, peu soluble dans l'éther de pétrole.

La dissolution concentrée et froide de carbonate de soude n'attaque et ne dissout ce composé qu'avec une très grande lenteur. A chaud, la dissolution a lieu, mais encore avec une certaine lenteur. La soude caustique étendue le dissout plus vite, mais sitôt que l'on fait bouillir, on constate qu'il se forme un peu d'anilide, soit parce que cette dernière est précipitée en cristaux par refroidissement, soit qu'on en démontre la présence en épuisant la liqueur alcaline par l'éther qui dissout l'anilide formée. De cette dissolution alcaline, l'addition ménagée d'un acide précipite lentement l'acide correspondant en prismes microscopiques courts, épais et associés en étoiles.

VII

ACTION DE L'ISOCYANATE DE PHÉNYLE SUR L'ÉTHER α-OXYISOVALÉRIANIQUE.

1° *Phényluréthane de l'éther α-oxyisovalérianique,*

$$(CH3)^2=CH-CH O.CO AzH.C^6H5$$
$$| \qquad\qquad\qquad = C^{14}H^{19}Az O^4.$$
$$CO.OC^2H^5$$

— De l'acide α-oxyisovalérianique, préparé d'après Lipp[1] en saponifiant le cyanhydrate d'isobutyraldéhyde, est transformé en sel d'argent, puis en éther éthylique au moyen de l'iodure d'éthyle, et avec l'huile ainsi obtenue on prépare le produit d'addition en la chauffant au bain-marie pendant deux heures avec la quantité équimoléculaire d'isocyanate de phényle. Toute odeur ayant disparu, on laisse refroidir et on abandonne à cristallisation le liquide épais obtenu. Après 48 heures, le tout est pris en une masse assez dure, composée de cristaux aiguillés microscopiques, accompagnés de substances résineuses.

. Ce composé représente évidemment le produit d'addition, ainsi que le démontre son mode de formation et la composition de l'acide que l'on peut en extraire par saponification. Mais en dépit d'essais de purification réitérés, je n'ai pas réussi à obtenir à l'analyse un taux d'azote inférieur à 5.87 p. 100, alors que la formule ci-dessus correspond à 5.28 p. 100. La petite quantité de matière première dont je disposais m'a empêché jusqu'à présent de reprendre cette préparation.

---

(1) LIPP, *Liebig's Annalen*, t. **205**, p. 28.

2° *Phényluréthane de l'acide α-oxyisovalérianique,*

$$(CH^3)^2 = CH - CHO.COAzH.C^6H^5$$
$$\mid$$
$$CO.OH \qquad = C^{12}H^{15}AzO^4.$$

— On fait bouillir pendant 25 minutes 20^{gr} du produit d'addition avec 80^{cc}, soit un peu plus de la quantité de soude normale théoriquement nécessaire à la saponification. Il ne reste plus à ce moment au fond du liquide aqueux que quelques petits amas ou lambeaux d'aspect huileux. Le liquide décanté, filtré à chaud, fournit une abondante cristallisation. On reprend encore par les eaux mères de ces cristaux les amas signalés plus haut et on obtient après filtration une nouvelle cristallisation. Finalement il ne reste plus sur le filtre que des cristaux d'aspects très différents et que l'on caractérise facilement comme étant de la diphénylurée.

On revient alors aux cristaux fournis par refroidissement du liquide filtré. L'eau bouillante leur enlève un corps cristallisé en petits octaèdres microscopiques très caractéristiques, fusibles à 133° et qui représente *l'anilide α-oxyisovalérianique.*

Combustion

	gr	
Matière	0,2608	
Acide carbonique	0,6556	Calculé pour
Eau	0,1841	$C^{11}H^{15}AzO^2$
C p. 100	68,55	68,39
H p. 100	7,84	7,77

Dosage de l'azote

Matière	0^{gr},2547	
Acide sulf. N/4	5^{cc},43	
Az p. 100	7,47	7,25

J'ai identifié ce composé avec celui que l'on obtient en chauffant150-160° pendant quelques heures l'acide α-oxy-isovalérianique avec l'aniline. La masse obtenue, lavée à l'eau chlorhydrique, puis à l'eau pure, est recristallisée dans l'alcool à 25 p. 100 bouillant. Le produit ainsi obtenu est cristallisé en petits octaèdres microscopiques, fusibles à 133° et donne à l'analyse les résultats suivants :

Combustion

		gr
Matière		0,2380
Acide carbonique		0,5931
Eau		0,1722
C p. 100		67,96
H p. 100		8.03

Dosage de l'azote

	I	II
Matière	0gr,3350	0gr,3122
Acide sulf. N/4 neutr	6cc,73	6cc,63
Az p. 100	7,32	7,33

Continuant l'étude du liquide alcalin de saponification, on l'épuise par de l'éther qui enlève encore un peu d'anilide restée en solution, et une petite quantité de produits poisseux brunâtres. On ajoute ensuite au liquide la quantité correspondante d'acide chlorhydrique — dont l'addition provoque une effervescence marquée — et on épuise à nouveau par l'éther. Ce véhicule abandonne une huile acide qui, après 24 heures, commence à cristalliser et durcit finalement dans toute sa masse.

La purification de ce corps qui est la *phényluréthane de l'acide α-oxyisovalérianique*, est assez laborieuse. Il faut dissoudre l'acide dans la quantité de soude exactement suffisante pour obtenir une liqueur neutre, puis

7

épuiser soigneusement cette dissolution par l'éther qui enlève des huiles poisseuses, jusqu'à ce que l'on arrive finalement à un acide neutralisant à peu près exactement la quantité théorique de soude normale au dixième, et non pas une quantité notablement supérieure, comme il arrivait au commencement de la purification.

Détermination de l'acidité

Matière .... 0^{gr},4597
Soude N/10 .... 19^{cc},2
Calculé pour $C^{12}H^{14}AzO^4Na$.. 19,4

Combustion

	gr.	
Matière	0,2871	
Acide carbonique...........	0.6417	Calculé pour
Eau	0,1692	$C^{12}H^{15}AzO^4$
C p. 100...................	60,95	60,76
H p. 100...................	6,55	6,33

Dosage de l'azote

	I	II	
Matière...............	0^{gr},3688	0^{gr},3466	
Acide sulf. N/4 neutr....	6^{cc},33	5^{cc},73	
Az p. 100................	5,84	5,78	5,91

Ce corps est en fines aiguilles macroscopiques. Au microscope il apparaît sous la forme de beaux prismes allongés, à bords très nets, fondant à 111-112° avec bouillonnement. Il est très peu soluble dans l'eau froide, un peu plus soluble dans l'eau chaude, mais avec transformation partielle en sa lactame. Il est soluble dans l'alcool concentré ou étendu, dans l'éther, le chloroforme, le benzène, peu soluble dans l'éther de pétrole.

Lorsqu'on le fait bouillir avec de l'eau, il fournit non seulement la lactame correspondante, mais encore l'anilide avec perte d'acide carbonique. Cette dernière réaction se produit encore plus rapidement en présence des alcalis. C'est elle qui explique la production de l'anilide au cours de la saponification par la soude étendue et l'effervescence que produit l'addition subsé-quente d'un acide.

3° *Lactame dérivée de la phényluréthane de l'acide α-oxyisovalérianique,*

$$(CH^3)^2{=}CH.CHO.CO\,Az.C^6H^5 \quad = \quad C^{12}H^{13}AzO^3,$$
$$\underset{CO}{|}$$

αμ-Dicéto β isopropyl v-phényloxazolidine.

— Lorsqu'on fait bouillir, en effet, avec de l'eau la phé-nyluréthane de l'acide α-oxyisovalérianique, il se dégage aussitôt de l'anhydride carbonique, et lorsqu'on filtre le liquide bouillant après 30 à 40 minutes d'ébullition, le filtrat abandonne un mélange d'octaèdres d'aspect très caractéristique, qui représentent l'anilide, avec de belles aiguilles prismatiques microscopiques, fusibles vers 66°, et qui sont vraisemblablement la lactame cherchée. Je n'ai réussi à isoler que $0^{gr},25$ à $0^{gr},30$ de ces aiguilles, en mettant à profit leur plus grande solubilité dans l'alcool à 45 p. 100. Encore n'arrive-t-on, au prix de pertes énormes, qu'à un résultat incomplet, puisque le dosage de l'azote, le seul que j'aie pu effectuer, donne les résultats que voici :

Dosage de l'azote

		Calculé pour
Matière..................	$0^{gr},1780$	
Acide sulf. N/4 neutr...	$3^{cc},43$	$C^{12}H^{13}AzO^3$
Az p. 100..............	6,74	6,39

Je suis arrivé à un meilleur résultat en mettant à profit la propriété que possède la phényluréthane de l'acide α-oxyisovalérianique de se transformer lentement en sa lactame lorsqu'on l'abandonne au contact de l'eau à la température ordinaire. Dans ces conditions, il ne se produit pas d'anilide et la purification du produit est beaucoup plus facile.

Deux grammes de la phényluréthane de l'acide sont soigneusement pulvérisés et introduits dans un flacon avec 150cc d'eau distillée. On abandonne le mélange à la température ordinaire, en ayant soin de l'agiter de temps en temps. Peu à peu on voit la poudre amorphe de l'acide se transformer en petits cristaux aiguillés brillants. Au bout de trois mois, on recueille ces cristaux sur filtre, on les lave avec un peu d'eau froide et on les fait recristalliser dans de l'alcool à 45 p. 100. On obtient ainsi de fines aiguilles pouvant atteindre 1 à 2 millimètres de long, fusibles à 66-67° et donnant à l'analyse les résultats que voici :

Combustion

	gr	
Matière..................	0,2108	
Acide carbonique.	0,5063	Calculé pour
Eau	0,1220	$C^{12} H^{13} Az O^3$
C p. 100....................	65,51	65,75
H p. 100....................	6,43	5,94

Dosage de l'azote

Matière.....................	0gr,4055	
Acide sulf. N/4 neutralisé ...	7cc,40	
Az p. 100....................	6,39	6,39

Ce corps est peu soluble dans l'eau froide, plus soluble dans l'eau tiède. Cette dissolution est d'abord parfaitement neutre, mais à l'ébullition elle devient rapidement acide par suite de l'hydratation de la lactame. Il est soluble dans l'alcool, dans l'éther et dans le benzène.

VIII

ACTION DE L'ISOCYANATE DE PHÉNYLE
SUR L'ÉTHER DIÉTHYLOXALIQUE.

1° *Phényluréthane de l'éther diéthyloxalique,*

$$(C^2H^5)^2 = CO.COAzH.C^6H^5$$
$$| \qquad = C^{15}H^{21}AzO^4.$$
$$CO.OC^2H^5$$

— De l'éther diéthyloxalique, ou plus exactement diéthyl-glycolique, préparé d'après M. Fittig [1] par l'action de l'iodure d'éthyle sur l'éther oxalique en présence d'un zinc amalgamé, et rectifié entre 175 et 178°, est chauffé au bain-marie pendant 6 à 7 heures avec une quantité équimoléculaire d'isocyanate de phényle. Après refroidissement, on dissout dans le mélange d'éther et d'éther de pétrole l'huile épaisse qui s'est formée et on abandonne la dissolution à elle-même pendant une huitaine de jours. Le liquide se trouble et les parois du ballon se tapissent de fins cristaux de diphénylurée. On filtre ensuite, on chasse le véhicule et on abandonne à la cristallisation, sous la cloche à acide sulfurique. Après quelques jours, le tout est pris en une masse de fines aiguilles qui apparaissent au microscope sous la forme de prismes volumineux. On fait recristalliser plusieurs fois le produit dans le mélange d'éther et d'éther de pétrole, ou encore dans l'alcool à 45 p. 100.

Combustion

		Calculé pour
Matière.............	0,2172	
Acide carbonique....	0,5121	$C^{15}H^{21}AzO^4$
Eau.................	0,1510	
C p. 100	64,30	64,51
H p. 100	7,72	7,52

(1) FITTIG, *Liebig's Ann.*, t. **200**, p. 21.

Dosage de l'azote

	I	II	
	gr	gr	
Matière..............	0,3337	0,3220	
Acide sulf. N/4 neutr.	4cc,80	4cc,65	Calculé
Az p. 100	5,04	5,05	5,02

Ce corps cristallise de l'alcool aqueux, en fines aiguilles fusibles à 68°. Il est soluble dans l'alcool fort, dans l'éther, le chloroforme, le benzène.

2° Saponification de la phényluréthane de l'éther diéthyloxalique. — On fait bouillir pendant une heure environ 4gr de la phényluréthane de l'éther avec la quantité de soude normale théoriquemeut nécessaire à la saponification. Après ce laps de temps, on laisse refroidir et on constate que le liquide cristallise abondamment. On l'épuise tel quel par de l'éther qui fournit par évaporation 2gr,80 d'un corps cristallisé. Ce corps, recristallisé dans l'alcool à 45 p. 100 à deux reprises, est en tablettes losangiques enchevêtrées, fusibles à 90° et représente la *diéthyloxalanilide.*

Combustion

	gr	
Matière................	0,2674	
Acide carbonique........	0,6802	Calculé pour
Eau	0,1963	$C^{12}H^{17}AzO^2$
C p. 100................	69,37	69,56
H p. 100................	8,15	8,21

Dosage de l'azote

Matière............	0gr,2580	0gr,2707	
Acide sulf. N/4 neut.	4cc,00	5cc,05	
Az p. 100	6,65	6,52	6,76

Ce corps est un peu soluble dans l'eau bouillante qui l'abandonne par refroidissement en paillettes d'aspect micacé. Il est soluble aussi dans l'alcool, l'éther, le chloroforme, le benzène.

La quantité de diéthyloxalanilide brute, mais déjà assez pure, qui a été recueillie est de 2ᵍʳ,80. Théoriquement, les 4ᵍʳ d'éther employés peuvent en donner 2ᵍʳ,96. La transformation en anilide est donc à peu près complète et l'on renonce à l'étude du liquide alcalin dans le sein duquel l'anilide a cristallisé.

Dans une autre opération de saponification portant sur 10ᵍʳ, mais sur la durée de chauffage de laquelle il n'a pas été pris malheureusement d'indications précises, on a laissé refroidir, puis on a filtré le liquide, et acidifiant ensuite par l'acide chlorhydrique on a épuisé par l'éther, dans l'espoir d'isoler la phényluréthane de l'acide diéthyloxalique. L'éther évaporé a fourni 3ᵍʳ,20 d'un acide non azoté, fusible après purification à 77-78° et donnant à l'analyse les résultats que voici :

Combustion

		Calculé pour
Matière....................	0,3633	
Acide carbonique............	0,7303	Calculé pour
Eau........................	0,3098	$C^6H^{12}O^3$
C p. 100....................	54,82	54,54
H p. 100...................	9,20	9,09

Détermination de l'acidité

Matière....................	0ᵍʳ,1968
Soude N/10 neutralisée......	14ᶜᶜ,90
Calculé pour $C^6H^{11}O^3Na$.....	15,06

Ce corps est donc simplement l'acide diéthyloxalique lui-même. Il est probable que dans cette opération l'ébullition, prolongée plus longtemps, avait dédoublé l'anilide en ses constituants, acide et aniline.

Un essai de saponification en milieu alcoolique à la température ordinaire au moyen de l'alcoolate de sodium, avec addition de la quantité d'eau exactement calculée, n'a pas donné de meilleurs résultats. Il s'est précipité promptement du carbonate de sodium en quantité correspondant à 70 p. 100 du sodium mis en œuvre, et le liquide alcoolique filtré n'a fourni, à côté d'un peu de la phényluréthane de l'éther non atteinte, que la diéthyloxalanilide.

La transformation directe de la phényluréthane de l'éther en lactame par soustraction d'alcool au sein de l'eau bouillante a échoué également. On sait, en effet, que l'éther diéthyloxalique résiste très bien à l'eau bouillante, puisqu'on le distille aisément à la vapeur d'eau. Sa phényluréthane, sans doute, partage cette stabilité.

IX

ACTION DE L'ISOCYANATE DE PHÉNYLE SUR L'ÉTHER
ET SUR L'ACIDE PHÉNYLGLYCOÏQUE.

§ I. — Ether phénylglycolique.

1º *Phényluréthane de l'éther phénylglycolique,*

$$C^6H^5-CHO.COAzH.C^6H^5$$
$$|$$
$$CO.OC^2H^5 \qquad = \quad C^{17}H^{17}AzO^4.$$

— On chauffe au bain d'huile à 130-140º pendant 25 à 30 minutes, 30^{gr} d'éther et 19^{gr}, 8 d'isocyanate, soit donc des quantités équimoléculaires. On vide ensuite dans une capsule la masse huileuse obtenue et après refroidissement on la couvre d'éther de pétrole, puis on la

remue avec une baguette. Très rapidement l'huile se prend
en une masse de grumeaux blancs que l'on fait recristalliser dans l'alcool. Le rendement est presque théorique.

Combustion

	gr	
Matière.....................	0,1962	
Acide carbonique..........	0,4906	Calculé pour
Eau.......................	0,1010	$C^{17}H^{17}AzO^4$
C p. 100...................	68,19	68,23
H p. 100...................	5, 88	5,68

Dosage de l'azote

Matière....................	0gr,4647	
Volume d'azote.............	18cc,8	
Température................	13°	
Pression...................	752mm	
Az p. 100..................	4,64	4,68

Ce corps est cristallisé en aiguilles microscopiques,
fusibles à 96°, solubles dans l'alcool fort, dans l'alcool
aqueux, moins solubles dans l'éther, le chloroforme,
le benzène.

2° *Phényluréthane de l'acide phénylglycolique*,

$$C^6H^5-CHO.CO AzH.C^6H^5 \atop | \atop CO.OH \qquad = \quad C^{15}H^{13}AzO^4.$$

— On fait bouillir dans un ballon, au réfrigérant à
reflux, 15gr de la phényluréthane de l'éther avec la
quantité de soude normale nécessaire à la saponification,
soit 50cc, étendus de 100cc d'eau. Après un quart d'heure
d'ébullition, la dissolution de l'éther est complète, et le
liquide filtré abandonne par refroidissement des paillettes
à aspect micacé. Si le volume d'eau ajouté à la soude
n'est pas suffisant, le liquide se trouble et cristallise
déjà pendant l'ébullition.

On recueille ce précipité sur filtre et on le fait recristalliser, soit dans l'eau bouillante, soit dans l'alcool
aqueux. Il fond alors à 150° et présente la composition
et les propriétés de la *phénylglycolanilide*, telle qu'elle
a été décrite notamment par M. Haller [1] qui l'a obtenue
par l'action de l'isocyanate de phényle sur l'acide
phénylglycolique. On n'a fait sur ce corps que le dosage
de l'azote qui a donné les résultats que voici :

Dosage de l'azote

	I	II	
Matière...............	0gr,3497	0gr,3268	Calculé pour
Acide sulf. N/4 neutr..	5cc,43	5cc,53	$C^{14}H^{13}AzO^2$
Az p. 100.............	5,94	5,92	6,17

On épuise ensuite le liquide alcalin avec de l'éther
qui enlève encore un peu d'anilide et des produits huileux
en petite quantité. La quantité d'anilide réunie est
finalement de 1gr,50 environ correspondant à 1gr,80 de la
phényluréthane de l'acide (voy. plus loin).

D'autre part, le liquide alcalin, traité par un peu plus
que par la quantité théorique d'acide chlorhydrique normal, puis épuisé par l'éther, fournit par évaporation du
véhicule 13gr environ d'un acide brut que l'on redissout
dans la dissolution de carbonate de sodium, afin d'enlever
encore, par des épuisements réitérés à l'éther, les substances huileuses qui l'accompagnent. En acidifiant
ensuite à nouveau par l'acide chlorhydrique, puis épuisant par l'éther, on obtient finalement 10gr,85 d'un acide
très blanc et donnant à un titrage acidimétrique sensiblement le résultat prévu par le calcul.

Ce corps, qui est la phényluréthane de l'acide
phénylglycolique, se forme donc en quantité presque
théorique, puisque les 15gr d'éther saponifiés auraient dû

---

(1) A. HALLER, *Comptes rendus*, t. **121**, p, 189.

donner théoriquement 13^{gr},59 d'acide. Si l'on défalque les 1^{gr},80 transformés en anilide, il reste 11^{gr},99. Or, on a obtenu 13^{gr} d'acide brut et 10^{gr},35 d'acide purifié.

Pour l'analyse, il faut encore faire recristalliser ce produit dans de l'alcool à 45 p. 100 qui l'abandonne en petits prismes épointés aux deux extrémités, fusibles à 145°.

Combustion

	gr	
Matière..........	0,2109	
Acide carbonique..	0,5131	Calculé pour
Eau..............	0,0891	C^{15}H^{13}Az O^4
C p. 100..........	66,38	66,42
H p. 100..........	4,71	4,80

Dosage de l'azote

Matière..........	0^{gr},2886	
Volume d'azote....	13^{cc},6	
Température......	19°,5	
Pression..........	761^{mm}	
Az p. 100........	5,37	5,17

Ce corps est peu soluble dans l'eau froide, plus soluble dans l'eau bouillante, mais avec transformation partielle en sa lactame. Il est soluble dans l'alcool, d'où l'eau le précipite en petite aiguilles, très soluble dans l'éther, le chloroforme, moins soluble dans l'éther de pétrole.

Lorsqu'il fond à 145°, il bouillonne, perd de l'eau et se transforme en sa lactame. C'est un acide rougissant nettement le tournesol, et faisant effervescence avec les carbonates. Il se dissout facilement dans la dissolution moyennement concentrée de carbonate de sodium, puis très rapidement, si la dilution n'est pas trop grande, on voit cristalliser le sel de sodium.

3° *Sels de la phényluréthane de l'acide phénylglycolique.* — J'ai préparé avec cet acide les sels de sodium, de baryum et d'argent.

Le *sel de sodium* a été préparé en neutralisant l'acide sec et pur par la quantité calculée de soude pure en solution aqueuse. La masse cristalline obtenue a été recristallisée une fois dans l'eau bouillante. Ce sont de fines aiguilles qui ont donné à l'analyse les résultats suivants :

Dosage de l'eau

	gr	
Sel desséché à l'air......	0,5552	Calculé pour
Perte à 112°..............	0,0861	$C^{15}H^{12}AzO^4Na,3H^2O$
Eau p. 100...............	15,51	15,56

Dosage du sodium

	I	II	
	gr	gr	
Sel sec à 112°.....	0,4628	0,4691	Calculé pour
SO^4Na^2..........	0,1125	0,1134	$C^{15}H^{12}AzO^4Na$
Na p. 100.........	7,87	7,83	7,85

Ce sel s'effleurit lentement à l'air. Abandonné à l'air, à la température de la chambre, il n'a plus fourni après 10 jours que 14,68 p. 100 d'eau. D'autre part à 120° et plus rapidement encore à 130°, il se décompose d'une manière continue sans qu'il soit possible d'arriver à un poids constant, même après 8 à 9 heures de dessication. Le dosage du sodium accuse à ce moment 8.99 p. 100 de métal au lieu de 7,85.

Le *sel de baryum* $(C^{15}H^{12}AzO^4)^2Ba,3H^2O$ a été obtenu par double décomposition entre la solution aqueuse du sel précédent et la quantité calculée de nitrate de baryum pur en solution aqueuse. On obtient ainsi un précipité caséeux, composé de très fines aiguilles microscopiques, que l'on essore et que l'on lave en le délayant dans de l'eau distillée et essorant à nouveau.

Dosage de l'eau

	I gr	II gr	
Sel desséché à l'air ..	0,5895	0,5484	Calculé pour
Perte à 112°	0,0889	0,0825	$(C^{15}H^{12}AzO^4)^2Ba,7H^2O$
Eau p. 100	15,09	15,07	15,69

Dosage du baryum

	I gr	II gr	
Sel desséché à 112°. .	0,5006	0,4659	Calculé pour
SO⁴Ba	0,1759	0,1634	$(C^{15}H^{12}AzO^4)^2Ba$
Ba p. 100	20,66	20,62	20,23

Le *sel d'argent*, $C^{15}H^{12}AzO^4Ag$, a été préparé en précipitant une dissolution aqueuse du sel de sodium par la quantité calculée de nitrate d'argent. Le précipité caséeux obtenu et qui se compose de très fines aiguilles microscopiques, est essoré et puis recristallisé dans de l'eau chaude. Mais le sel subit sans doute une décomposition partielle à chaud, car à chaque recristallisation il reste sur le filtre un résidu insoluble. Le sel qui a cristallisé par refroidissement est essoré, puis desséché à l'air. Il est anhydre. Le dosage de l'argent n'a fourni que des résultats approchés :

Dosage de l'argent

	gr	
Matière	0,5863	Calculé pour
Ag	0,1627	$C^{15}H^{12}AzO^4Ag$
Ag p. 100	27,75	28,58

4° *Lactame dérivée de la phényluréthane de l'acide phé-nylglycolique,*

$$C^6H^5.CHO.COAz.C^6H^5 \atop CO \qquad = \quad C^{15}H^{11}AzO^3,$$

αμ-Dicéto-βγ-diphényloxazolidine.

— La phényluréthane de l'acide phénylglycolique bouil-lie avec de l'eau se déshydrate et se transforme en sa lactame. Lorsqu'après une heure d'ébullition, on filtre le liquide bouillant, il abandonne par refroidissement des cristaux qui sont un mélange de paillettes macroscopiques à aspect un peu micacé, et de très fines aiguilles qui apparaissent au microscope sous la forme de fines arbo-rescences à aspect de graminées. Les paillettes micacées présentent au contraire la forme de larges prismes aplatis, épointés aux deux bouts, souvent transformés en losange et rappelant les formes cristallines de l'anilide.

L'eau bouillante ne dissout qu'une très petite quantité de produit, et si l'on continue les épuisements, on cons-tate à la seconde ou à la troisième cristallisation que les cristaux losangiques ont disparu et que les fines aiguilles associées en fougères persistent seules. Ce sont ces aiguilles qui représentent l'anhydride.

Ces cristaux fondent à 119-120°. Ils donnent à l'analyse les résultats que voici :

Combustion

	gr	
Matière.................	0,2843	
Acide carbonique........	0 7411	Calculé pour
Eau	0,1218	$C^{15}H^{11}AzO^3$
C p. 100...............	71,14	71.15
H p. 100...............	4,76	4,85

Dosage de l'azote

	I	II	
Matière...........	0gr,3066	0gr,3098	
Volume d'azote ...	15cc,4	15cc,2	
Température......	16°	16°,5	
Pression..........	752mm,5	753mm	Calculé
Az p. 100	5,67	5,55	5,53

Ce corps est à peu près insoluble dans l'eau froide, peu soluble dans l'eau bouillante qui le transforme partiellement dans l'acide correspondant. La dissolution de carbonate de sodium ne le dissout que très lentement à froid, plus rapidement à chaud. La soude caustique le dissout au contraire rapidement et dans les deux cas avec formation du sel de soude de la phényluréthane de l'acide phénylglycolique.

J'ai vérifié aussi pour cette lactame, qui est une des premières que j'aie obtenue, l'identité de l'acide ainsi régénéré de l'anhydride avec celui que l'on obtient par la saponification de la phényluréthane de l'éther. Tous deux fondent à 145° et ils présentent des formes cristallines identiques. L'acide provenant de l'hydratation de la lactame a été de plus transformé en sel d'argent, puis en présence de l'iodure d'éthyle, en éther éthylique. Cet éther a été comparé à celui que l'on obtient par l'action de l'isocyanate de phényle sur l'éther phénylglyclolique. Tous deux sont cristallisés en aiguilles microscopiques, fusibles à 96°.

§ II. — Acide phénylglycolique.

Dans l'action de l'isocyanate de phényle sur l'acide phénylglycolique, il se forme la série des corps déjà signalés et étudiés pour les acides glycolique, lactique, α-oxybutyrique, etc., à savoir la phényluréthane de l'acide, aussitôt transformée en sa lactame, l'anilide et la phényluréthane de cette anilide, le tout accompagné d'un peu de diphénylurée. Notons que M. A. Haller [1] a déjà signalé la production de la phénylglycolanilide dans cette réaction.

Tous ces corps ont déjà été décrits, sauf la phényluréthane de la phénylglycolanilide. Voici comment on l'a obtenue, et quelles sont ses propriétés.

Phényluréthane de la phénylglycolanilide,

$$C^6H^5.CHO.COAzH.C^6H^5$$
$$|$$
$$CO.AzH.C^6H^5 \quad = \quad C^{21}H^{18}Az^2O^3.$$

— Lorsqu'on chauffe au bain-marie pendant quatre heures, l'acide phénylglycolique et le carbanile, molécule à molécule, on obtient par refroidissement une masse cristalline assez dure, dont on extrait d'abord la lactame décrite plus haut, par un traitement à l'ammoniaque aqueuse étendue et chaude.

En acidifiant cet extrait alcalin par un acide, puis épuisant par l'éther, on sépare la phényluréthane de l'acide, facilement caractérisée par son point de fusion (145°) et sa retransformation en lactame, par ébullition avec l'eau. Quant à l'anilide, dont une partie passe déjà dans l'extrait ammoniacal, on achève de l'éliminer par une série d'épuisements à l'eau bouillante.

L'extraction de la phényluréthane de l'anilide est plus laborieuse. Lorsqu'on épuise la masse restante par l'alcool à 45 p. 100, on isole peu à peu par des cristallisations successives un corps fusible vers 163-165°, apparaissant au microscope sous la forme de prismes hexagonaux, à arêtes et à faces très nettes et qui sont évidemment la phényluréthane de l'anilide. Mais je n'ai

---

A. HALLER, *C. R.*, t. **121**. p. 189,

pas réussi à amener ce corps à un état de pureté suffisant pour l'analyse et j'ai dû le préparer par une autre voie, en faisant agir l'isocyanate de phényle sur la phénylglycolanilide à la température du bain-marie. En faisant recristalliser plusieurs fois dans l'alcool fort la masse cristalline obtenue, on sépare des cristaux qui apparaissent au microscope avec les formes très nettes décrites plus haut et qui fondent à 163°.

Combustion

	gr	
Matière.................	0,2371	
Acide carbonique.......	0,6323	Calculé pour
Eau....................	0,1175	$C^{21}H^{18}Az^2O^3$
C p. 100...............	72,72	72,83
H p. 100...............	5,50	5,20

Dosage de l'azote

Matière.................	0gr,2713	
Acide sulf. N/4 neutr....	6cc,2	
Az p. 100..............	8,00	8,09

Ce corps est soluble dans l'alcool, l'éther, le chloroforme, le benzène.

Je n'ai pas essayé de transformer ce composé dans la lactame correspondante par calcination et perte d'aniline. Il est probable qu'il présente cette transformation comme les composés analogues étudiés plus haut.

X

ACTION DE L'ISOCYANATE DE PHÉNYLE SUR LE BENZILATE D'ÉTHYLE ET SUR L'ACIDE BENZILIQUE.

§ I. — Benzilate d'éthyle.

1º *Phényluréthane du benzilate d'éthyle,*

$$(C^6 H^5)^2 = \begin{matrix} CO.CO\,Az\,H.C^6\,H^5 \\ | \\ CO.OC^2\,H^5 \end{matrix} = C^{23}\,H^{21}\,Az\,O^4.$$

— On chauffe au bain-marie bouillant pendant quatre heures, 20^{gr} d'éther benzilique avec 9^{gr} d'isocyanate de phényle, soit une molécule d'éther avec un peu moins d'une molécule de carbanile. Sitôt qu'on laisse refroidir, le liquide homogène obtenu se prend en une masse cristalline, ne présentant plus qu'une faible odeur d'isocyanate. Par deux cristallisations dans l'alcool à 90 p. 100 bouillant, on obtient un produit tout à fait blanc, fondant à 131º et donnant à l'analyse les résultats suivants :

Combustion

	gr	
Matière..............	0,2740	
Acide carbonique.......	0,7419	Calculé pour
Eau	0,1428	C^{23}H^{21}AzO^4
C p. 100..............	73,83	73,60
H p. 100..............	5,78	5,60

Dosage de l'azote

Matière..............	0^{gr},8491	
Acide sulf. N/4 neutr....	9^{cc},05	
Az p. 100..............	3,73	3,73

Ce corps est cristallisé en fines aiguilles, solubles dans l'alcool, l'éther, le chloroforme, le benzène.

2° *Saponification de la phényluréthane du benzilate d'éthyle.* — MM. Klinger et Standke [1] ayant signalé la remarquable résistance du benzilate d'éthyle à la saponification, on traite d'emblée 10^{gr} de la phényluréthane de cet éther par 80^{cc} de soude normale, soit donc environ deux molécules de soude pour une molécule de l'éther. Après une demi-heure d'ébullition, on laisse refroidir et on recueille sur filtre les cristaux qui se sont déposés et que l'on lave plusieurs fois à l'eau bouillante. Ces cristaux pèsent 4^{gr},20. Comme ils laissent encore à la calcination un très léger résidu alcalin, on les fait recristalliser dans de l'alcool à 30 p. 100 environ. Ce sont des cristaux en prismes microscopiques, fondant à 174-175°. Ils donnent à l'analyse les résultats que voici et représentent la *benzilanilide*.

Combustion

	gr	
Matière..............	0,2517	
Acide carbonique.......	0,7318	Calculé pour
Eau	0,1288	$C^{20}H^{17}AzO^2$
C p. 100..............	79,29	79,21
H p. 100..............	5,68	5,61

Dosage de l'azote

Matière................	0^{gr},5202	0^{gr},4990	
Acide sulf. N/4 neutr....	6^{cc},7	6^{cc},45	
Az p. 100..............	4,50	4,52	4,62

Ce corps est insoluble dans l'eau, soluble dans l'alcool et dans l'éther, soluble aussi dans le benzène et le chloroforme, surtout à chaud.

Le liquide alcalin restant a été acidifié par l'acide chlorhydrique et épuisé par l'éther, mais je n'ai pas réussi jusqu'à présent à en isoler un produit défini.

---

(1) KLINGER et STANDKE, *D. ch. G.*, t. **22**, p. 1211.

§ II. — **Acide benzilique.**

Lorsqu'on chauffe au bain-marie, 20ᵍʳ d'acide benzilique avec un poids égal d'isocyanate de phényle, soit
donc une molécule de l'acide pour deux molécules de
carbanile, on observe un vif dégagement d'anhydride
carbonique aussitôt que la température atteint 50-60°,
puis le tout se transforme en une purée liquide qui va
s'épaisissant peu à peu. Après trois heures et demie,
l'odeur ayant complètement disparu, on ajoute encore,
par petites portions, 10ᵍʳ de carbanile et on continue à
chauffer pendant quatre heures.

La masse refroidie à ce moment est dure, colorée en
rouge à sa surface et ne répand plus qu'une faible
odeur d'isocyanate. On la traite par l'éther à froid dans
lequel la masse dure se délite peu à peu, en fournissant
d'une part une purée de cristaux qui sont de la diphénylurée et qui pèsent, après dessication, 18ᵍʳ (correspondant
à 20ᵍʳ de carbanile), et d'autre part une solution éthérée.

La solution éthérée abandonne par évaporation une
masse visqueuse, très poisseuse, et d'aspect peu encou-
rageant. Toutes les tentatives faites pour retirer de ce
résidu un corps défini ayant échoué, on se décide à le
traiter par de la soude alcoolique à 10 p. 100. Au fur et à
mesure que la masse se dissout dans l'alcool, le liquide
s'échauffe de plus en plus, puis rapidement la solution
se prend en une masse cristalline blanche. On essore,
puis on fait recristalliser dans de l'alcool à 95°.

Le produit est à ce moment d'une très belle apparence,
mais il n'est pas encore pur. L'alcool bouillant lui enlève
toujours de petites quantités d'un corps cireux, jaunâtre,
très adhérent et il faut encore trois ou quatre cristallisations de l'alcool bouillant pour arriver à un produit

donnant des résultats constants à l'analyse. Ces résultats
sont les suivants :

Combustion

	I	II	III
	gr	gr	gr
Matière.................	0,2305	0,2042	0,2151
Acide carbonique.......	0,6941	0,5984	0,6290
Eau	0,1102	0,0970	0,1009
C p. 100..............	80,03	79,92	79,63
H p. 100..............	5,18	5,27	5,20

Dosage de l'azote

	I	II	III	IV
Matière................	0gr,2694	0gr,2771	0gr,1336	0gr,3888
Acide sulf. N/4 neutr...	5cc,38	5cc,48	8cc,90	7cc,60
Az p. 100..............	7,08	6,92	7,02	6,97

Cryoscopie

1° Avec le benzène comme solvant :

Concentrations	Abaissements	Poids moléculaires
3,061 °/.	0°,42	357
2,925 —	0°,395	362

2° Avec le phénol comme solvant :

2,747 °/.	0°,48	358

Ces résultats concordent sensiblement avec ceux
qu'exigeraient un corps dérivant de la phényluréthane
de la benzilanide par soustraction d'une molécule d'eau.

$$(C^6H^5)^2 = \begin{array}{l} CO.CO\,Az\,H.C^6H^5 \\ | \\ CO.Az\,H.C^6H^5 \end{array} = H^2O + C^{27}H^{20}Az^2O^2$$

Ce composé pèse 404 et exige :

C	80,20
H	4,95
Az................	6,93

On pourrait lui attribuer, mais sous toutes réserves, la formule que voici :

$$(C^6H^5)^2 = CO.CO Az.C^6H^5$$
$$C = Az.C^6H^5$$

Ce corps cristallise de l'alcool bouillant en prismes microscopiques, aplatis, associés en rosaces et fondant à 181°. Il est peu soluble dans l'alcool fort et dans l'éther, plus soluble dans le chloroforme et le benzène.

Je me propose de continuer l'étude de ce composé en préparant la phényluréthane de la benzilanilide et en faisant agir ensuite sur ce corps un excès de carbanile.

XI

ACTION DE L'ISOCYANATE DE PHÉNYLE SUR L'ÉTHER MÉTHYLSALICYLIQUE.

Phényluréthane du salicylate de méthyle,

$$C^6H^5 \Big\langle {}^{O.CO Az H.C^6H^5}_{CO.O CH^3} = C^{15}H^{13}Az O^4.$$

— On chauffe au bain d'huile pendant une heure à 180° un mélange de salicylate de méthyle et d'isocyanate de phényle en quantités équimoléculaires. Par refroidissement on obtient une masse de cristaux en aiguilles microscopiques. On lave cette masse à froid par un mélange à parties égales d'éther et d'éther de pétrole, puis on épuise à chaud par un mélange de trois parties d'éther et d'une partie d'éther de pétrole. On obtient ainsi par refroidissement un corps blanc, cristallisé en

aiguilles microscopiques, fusible à 96° et donnant à
l'analyse les résultats suivants :

Combustion

	gr	
Matière...................	0,2266	
Acide carbonique..........	0,5510	Calculé pour
Eau......................	0,1023	$C^{15} H^{13} Az O^4$
C p. 100.................	66,31	66,42
H p. 100.................	5,02	4,80

Dosage de l'azote

Matière...................	0gr,4412	
Volume d'azote...........	20cc,2	
Température......	14°,5	
Pression.................	757mm	
Az p. 100...............	5,28	5,17

Ce composé a été saponifié à l'ébullition par la quantité
théorique de soude normale. Presque toute la masse se
dissout, puis on voit apparaître de petits cristaux qui
augmentent peu à peu. Au bout d'une demi heure on
laisse refroidir et on épuise le liquide alcalin par de
l'éther qui éclaircit entièrement le liquide et qui abandonne par évaporation une certaine quantité de diphénylurée.

On acidifie ensuite par la quantité calculée d'acide
chlorhydrique et on épuise par l'éther qui abandonne
par évaporation un corps cristallisé en aiguilles, que
l'on purifie par recristallisation dans l'alcool aqueux. Il
est alors en fines aiguilles flexueuses, fusibles à 135°
et présentant la composition et les caractères de la
salicylanilide.

Combustion

	gr	
Matière................	0,2017	
Acide carbonique.......	0,5156	Calculé pour
Eau....................	0,1000	$C^{13}H^{11}AzO^2$
C p. 100..............	73,76	73,23
H p. 100.	5,50	5,16

Dosage de l'azote

Matière................	0gr,4560	
Volume d'azote.........	26cc,1	
Température............	13°	
Pression...............	756mm,5	
Az p. 100..............	6,69	6,57

Aucune autre substance définie n'a pu être trouvée à côté de cette anilide.

On voit donc que la phényluréthane de l'acide salicylique est aussitôt décomposée avec formation de l'anilide, conformément à l'équation qui a été citée maintes fois dans ce travail.

CONCLUSIONS.

1º J'ai montré que les éthers du type :

$$R^2=COH$$
$$|$$
$$CO.OC^2H^5$$

R désignant un radical gras ou aromatique ou un atome d'hydrogène, donnent tous des phényluréthanes,

$$R^2=CO.COAzH.C^6H^5,$$
$$|$$
$$CO.OC^2H^5$$

quelle que soit l'influence acidifiante que peuvent exercer sur l'oxhydrile alcoolique, les groupes voisins. C'est ce que demontre l'obtention très facile des phényluréthanes de l'éther et du nitrile trichlorolactique; de l'éther phénylglycolique.

2º Par saponification de ces éthers et décomposition du sel alcalin formé, j'ai obtenu des acides du type :

$$R^2=CO.COAzH.C^6H^5$$
$$|$$
$$CO.OH$$

c'est-à-dire les phényluréthanes des oxyacides correspondant aux éthers, et non pas des acides de la forme :

$$R^2=COH$$
$$|$$
$$CO Az {\overset{CO.OH}{\underset{C^6H^5}{<}}}$$

comme l'avait admis d'abord M. Travers. J'ai isole ainsi les phényluréthanes des acides *glycolique, lactique, α-oxybutyrique, α-oxyisobutyrique, α-oxyvalérianique normal, α-oxyisovalérianique* et *phénylgylcolique,* et j'ai prépare et étudié, pour plusieurs de ces acides, les sels de sodium, d'ammonium, de baryum et d'argent.

3° J'ai montré qu'au cours de la saponification de ces éthers, il se produit souvent une réaction secondaire, qui reste accessoire dans certains cas, pour devenir au contraire dans d'autres cas la réaction prépondérante et même unique, et qui consiste dans ce fait que la phényluréthane de l'oxyacide perd de l'acide carbonique et se transforme en anilide.

J'ai observé cette production d'anilide avec les phényluréthanes des éthers *α-oxyisobutyrique, α-oxyvalérianique normal, α-oxyisovalérianique, phénylglycolique* et *benzilique*. Elle a été surtout abondante pour les composés à fonction alcool tertiaire. Pour la phényluréthane de l'éther *diéthyloxalique* et pour celle de l'éther *méthylsalicylique*, elle a totale : il ne s'est produit que de l'anilide.

4° J'ai établi que cette transformation s'opère aussi par simple ébullition sous la pression ordinaire et d'autant plus rapidement que l'acide dont on part est de structure plus compliquée. Ainsi l'ébullition de la phényluréthane de l'*acide phénylglycolique* avec de l'eau ne produit que de petites quantités d'anilide. Au contraire les phényluréthanes des acides *α-oxyisobutyrique, α-oxyvalérianique normal, α-oxyisovalérianique* sont immédiatement atteinte par l'ébullition, avec formation d'anilide et dégagement d'acide carbonique.

A 150° en tube scellé en présence de l'eau, les phényluréthanes de tous ces acides subissent ce dédoublement.

5° J'ai démontré que les phényluréthanes de ces oxyacides présentent cette intéressante propriété de se déshydrater au sein de l'eau, rapidement à chaud, lentement à froid, en donnant naissance à des *anhydrides internes* ou *lactames*. Parfois c'est la phényluréthane de l'éther qui, directement, par perte d'alcool, fournit la lactame en question.

J'ai obtenu de cette manière des lactames par l'action de l'eau sur les phényluréthanes des acides *glycolique, lactique, α-oxybutyrique, α-oxyisobutyrique, α-oxyvalérianique normal, α-oxyisovalérianique* et *phénylglycolique*. La phényluréthane de l'éther trichlorolactique m'a fourni directement, en présence des alcalis, la lactame correspondant à l'*acide dichlorolactique.*

J'ai montré que la formation de ces composés par l'action de l'eau sur les phényluréthanes des oxyacides est une réaction limitée, et j'ai déterminé cette limite pour la phényluréthane de l'acide glycolique.

Enfin, j'ai étudié les propriétés de ces lactames qui sont des dérivés de l'*oxazolidine* ou *tétrahydro β-oxazol* et qui répondent à la formule générale que voici, R représentant un atome d'hydrogène ou un radical gras ou aromatique :

$$R^2=C \overset{O}{\diagup\diagdown} CO$$
$$CO \underline{\quad\quad} Az. C^6 H^5$$

6° J'ai montré que l'isocyanate de phényle, en réagissant sur les mêmes oxyacides, pris à l'état de liberté, donne naissance aux corps que fait prévoir théoriquement l'action simultanée ou successive du carbanile sur les deux fonctions alcool et acide. J'ai obtenu dans cette réaction avec les acides *glycolique, lactique, α-oxybutyrique, α-oxyisobutyrique* et *phénylglycolique*, les composés que voici :

a) L'anilide ;

b) La lactame correspondante, provenant évidemment de la déshydratation immédiate de la phényluréthane de l'oxyacide au fur et à mesure de sa formation;

c) La phényluréthane de l'anilide.

7° J'ai préparé, en outre, la phényluréthane de plusieurs de ces anilides par l'action du carbanile :

a) Sur l'anilide elle-même ;

b) Sur la phényluréthane de l'acide.

Cette triple préparation achève de démontrer que les acides que j'ai envisagés comme étant les phényluréthanes des oxyacides, ont bien la constitution que leur attribue ce nom.

J'ai montré que ces phényluréthanes d'anilide, chauffées au-dessus de leur point de fusion, donnent par perte d'aniline la lactame correspondante.

8° L'action de l'isocyanate de phényle sur l'acide benzilique a donné naissance à un produit spécial, qui paraît résulter de la phényluréthane de la benzilanilide par perte d'eau, mais dont la constitution n'a pas pu être établie encore.